BIONICLE®

AVENTURAS #4

Leyendas de Metru Nui

Greg Farshtey

nowtilus

Colección: BIONICLE®
www.nowtilus.com
www.LIBROSBIONICLE.com

Título: *Leyendas de Metru Nui*
Título original: *Legends of Metru Nui*
Autor: © Greg Farshtey
Traducción: Mercedes Domínguez Pérez para Grupo ROS

Copyright de la presente edición © 2006 Ediciones Nowtilus, S.L.
Doña Juana I de Castilla 44, 3º C, 28027 Madrid

Editor: Santos Rodríguez
Responsable editorial: Teresa Escarpenter

Coordinación editorial: Alejandra Suárez Sánchez de León
Realización de cubiertas: Jorge Morgado para Grupo ROS
Diseño de interiores y maquetación: Grupo ROS
Producción: Grupo ROS (www.rosmultimedia.com)

ISBN: 84-9763-250-8
ISBN13: 97884-9763-250-8
Depósito legal: M. 7779-2006
Fecha de edición: Marzo 2006

Printed in Spain
Imprime: Fareso, S.A.

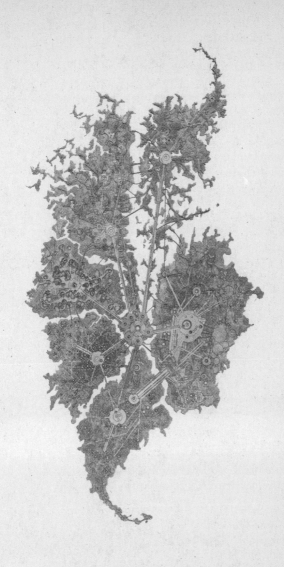

La ciudad de Metru Nui

INTRODUCCIÓN

Turaga Vakama se encontraba en un balcón natural de piedra que se alzaba sobre un inmenso mar plateado. Justo delante de él había un círculo Amaja, el lugar donde los Turaga narraban sus historias del pasado desde hacía siglos. Ahora, rodeado de sus compañeros Turaga, de los Matoran, de los seis Toa Nuva y de Takanuva, Toa de la Luz, estaba a punto de contar la historia más importante de todas.

—Amigos aquí reunidos —comenzó—. Escuchad de nuevo nuestra leyenda sobre los Bionicle. Al principio de todos los tiempos, en la gloriosa ciudad de Metru Nui, creíamos que no podían surgir héroes nuevos. Pero estábamos equivocados.

Vakama movió la piedra que representaba al Gran Espíritu, Mata Nui, al centro del círculo. Las luces empezaron a titilar y la oscuridad se apoderó del lugar.

—Una terrorífica sombra pretendía sumirnos en un sueño eterno —continuó Vakama—, hasta que se perdiera todo recuerdo de los tiempos pasados. Así se iniciaría una era de poder de la oscuridad y se presentaría al mundo como su conquistador.

Vakama levantó los ojos hacia los cielos, recordando una época muy lejana.

—Parecía que toda esperanza estaba perdida.

1

Toa Lhikan, guardián de la ciudad de Metru Nui, permanecía en la semioscuridad del Gran Templo. Había acudido a este lugar en muchas ocasiones en el pasado para recordar qué había pasado antes y reflexionar sobre el futuro. Este lugar siempre conseguía calmar su espíritu. Pero no esta vez.

La misión que le había llevado a uno de los lugares más venerados de Metru Nui le había llenado de tristeza y de dudas. Muchas noches se había preguntado si habría otro camino, pero no había encontrado ninguna respuesta. Finalmente, había admitido que no tenía elección. Había que hacerlo, y hacerlo ahora, antes de que fuese demasiado tarde.

Encarnizadamente, Lhikan se esforzó por abrir el suva. Después entró y tomó la sexta y última piedra Toa de su pedestal.

Tal y como había hecho en cinco ocasiones anteriores, Toa Lhikan colocó la piedra en una fina hoja de protodermis metálica sobre la palma de su mano. Después cerró el puño, envolviendo cuidadosamente la piedra con la hoja.

Tras su Gran Máscara amarilla, Lhikan guiñó los ojos. Sabía que esto suponía mucho más que limitarse a llevar de un sitio a otro unos valiosos objetos de poder. Estaba dando un paso que cambiaría su vida, las vidas de otros seis y el propio destino de Metru Nui.

Colocó la otra mano sobre el puño cerrado y se concentró. Seis rayos de energía emergieron de su mano, concentrándose después en un único rayo blanco de poder. Fluyó sobre la piedra Toa envuelta y después se detuvo abruptamente. Cuando Lhikan abrió el puño, comprobó que la piedra estaba sellada con la hoja metálica, sobre la que aparecía impreso el símbolo de las tres virtudes de los Matoran: Unidad, Deber y Destino.

Lhikan escuchó un débil sonido detrás de él y se volvió lentamente. En la oscuridad pudo divisar dos figuras: la de un ser insecto de cuatro patas y la de una bestia gigantesca. Lhikan sabía muy bien quiénes eran y por qué estaban allí. Ya había empezado a moverse cuando el ser de cuatro patas comenzó a lanzarle explosiones de energía.

Escapar iba en contra de la naturaleza de Lhikan, pero llevaba siendo un Toa el tiempo suficiente como para saber que no merecía la pena enfrentarse a un rival imposible. Corrió escabulléndose, mientras los dos Cazadores Oscuros intentaban atraparle en telarañas de energía. Cuando se le acercaron, el Toa del Fuego se lanzó por una ventana y se precipitó por el espacio.

El Cazador Oscuro insecto corrió hacia la ventana para ver cómo caía su enemigo. Pero por el contrario, lo que vio fue cómo Lhikan combinaba sus herramientas hasta formar una tabla deslizadora. Unos segundos después, había perdido al Toa de vista.

Nokama estaba cerca del Gran Templo, rodeada por sus estudiantes. Como profesora, sabía que era importante sacar a sus alumnos de la clase de vez en cuando, para permitirles ver por sí mismos parte de la historia de Metru Nui. Utilizando su tridente, señaló algunos de los ancestrales grabados de los muros del templo.

Detrás de ella, pudo percibir las exclamaciones de sorpresa de sus alumnos. Cuando se giró, vio a Toa Lhikan. Se acercó a ella, le dio un pequeño paquete y se marchó. Nokama movió la cabeza, preguntándose qué podía ser.

En un poblado de montaje de Po-Metru, Onewa trabajaba duramente para terminar un grabado. Había estado trabajando durante todo el día, pero casi no era consciente del tiempo ni del esfuerzo. Merecería la pena cuando el trabajo estuviera terminado y la pieza de artesanía estuviera lista para salir del taller.

Sabía que todos los artesanos Po-Matoran de las cabañas de los alrededores pensaban igual que él, excepto quizá Ahkmou. Éste parecía más preocupado por los honores que recibiría que por el trabajo que debía terminar.

Algo cayó al suelo con un ruido seco junto a los pies de Onewa. Se trataba de un paquete pequeño envuelto en lo que parecía papel de aluminio. Onewa levantó la vista justo a tiempo de ver la figura de Toa Lhikan que se alejaba.

Whenua estaba contento. Un nuevo cargamento de Bohrok había llegado a los Archivos. En cuanto terminara de catalogar las criaturas, estarían listas para exhibirlas y que todos los Matoran pudieran verlas.

Trabajaba rápidamente, clasificando los objetos en montones de artefactos. Algunos podían exhibirse de inmediato, otros serían enviados a los subniveles y muchos estaban demasiado dañados y no servían para nada. Estos últimos se enviarían a Ta-Metru para ser fundidos.

Whenua estaba tan ensimismado en su trabajo que no oyó que Toa Lhikan se aproximaba. El Toa se acercó lo suficiente para entregarle al Matoran un pequeño objeto y después se marchó. Whenua miró sorprendido el paquete, cuyo envoltorio brillaba incluso con la tenue luz de los Archivos.

Matau respiró profundamente. Ésta era su parte favorita del trabajo: probar los vehículos nuevos antes de que salieran a las calles de Le-Metru. Él era, naturalmente, el mejor cualificado para probarlos en la pista de pruebas, ya que era el conductor más preparado de toda la metru… al menos en su opinión.

El vehículo que debía probar hoy era un trineo motorizado para un Matoran inventado por un

Onu-Matoran llamado Nuparu, que afirmaba que algún día reemplazaría a los cangrejos Ussal que transportaban la carga para arriba y para abajo en Metru Nui. A Matau esto le importaba menos que la velocidad a la que podía desplazarse.

Cuando dieron la señal, Matau manipuló los controles y la máquina empezó a moverse, desplazándose por la pista de pruebas. Matau sonrió, seguro de que podría conseguir un poco más de velocidad con la máquina de Nuparu. Extendió la mano, agarró uno de los controles y... se quedó con él en la mano.

Los ojos de Matau se abrieron de par en par. *Oh, esto no es bueno-positivo en absoluto,* pensó.

A su alrededor, volaban piezas del vehículo por todas partes mientras éste giraba descontrolado. Al final, sólo quedó el sillón del piloto, con Matau que se sujetaba para no salir despedido por los aires sobre la pista. Saltaban chispas a medida que la única parte intacta se deslizaba hasta que finalmente se detuvo, aunque Matau saltó de un brinco en el último momento.

El Matoran se las arregló para no romperse nada cuando aterrizó. Cuando se incorporó sobre sus pies, se dio cuenta de que no estaba solo. Toa Lhikan estaba junto a él, ofreciéndole un presente. Después el Toa desapareció.

Matau observó el pequeño y pesado objeto que tenía en las manos. *Realmente un día raro-extraño*, se dijo a sí mismo.

Nuju miraba a través de su telescopio. Desde esta posición privilegiada en lo alto de una torre de Ko-Metru, podía ver el cielo, las estrellas, a Toa Lhikan desplazándose hacia él…

¿Toa Lhikan?

El solitario protector de Metru Nui aterrizó suavemente junto al Matoran. Sin mediar palabra, le dio a Nuju una piedra Toa envuelta. Después, asegurándose de que la costa estaba despejada, Lhikan despegó del tejado y se marchó deslizándose por el aire.

Nuju observó cómo se alejaba, preguntándose qué implicaciones tendría esto en su futuro.

Vakama trasladó cuidadosamente un disco Kanoka desde su mesa de trabajo hasta la forja. Observó atentamente cómo las llamas ablandaban el disco. Cuando creyó que era el momento oportuno, lo sacó del fuego y empezó a moldearlo con sus herramientas. Rebajó los bordes cortantes del disco, le hizo agujeros para los ojos y después se detuvo para observar la Máscara de Poder que había creado.

Debajo de él, las burbujas siseaban en una piscina de protodermis fundida. Ésta era la materia prima a partir de la cual fabricaban los discos primero en la forja, y después los convertían en máscaras, si tenían la calidad suficiente. Por todas partes había pasarelas comunicadas, con una gran grúa suspendida sobre el centro del tanque de la materia fundida.

Vakama alzó la máscara para verla a la luz y buscar algún defecto en su fabricación. No encontró ninguno, así que se la puso sobre la cara. Dado que era una Gran Máscara, sabía que no podría acceder a sus poderes, pero al menos podría apreciar si estaba activa. Pero cuando lo hizo, sólo destelleó débilmente antes de apagarse.

Contrariado, Vakama se la quitó y la arrojó a una enorme pila de máscaras parecidas. Al paso que iba, su montaña de fallos pronto sería más alta que él mismo. Moviendo la cabeza, se giró y vio a Toa Lhikan frente a él.

—¿Fabricando Grandes Máscaras, Vakama?, —le preguntó el Toa.

Vakama retrocedió un paso y dio un traspiés.

—¡Toa! Um, todavía no, pero con el disco adecuado…

—La ciudad necesita tu ayuda —dijo Lhikan, buscando algo detrás de él. Un momento después Vakama vio que se trataba de un pequeño paquete envuelto en un material brillante.

—¿Mi ayuda? —dijo el Matoran, dando otro paso hacia atrás. Chocó contra el montón de material desechado y las máscaras cayeron al suelo.

—Los Matoran están desapareciendo —continuó Lhikan con apremio—. El engaño acecha en las sombras de Metru Nui.

—Toa… es tan impresionante.

Lhikan y Vakama se volvieron hacia la voz. Una gran criatura de cuatro patas parecida a un insecto estaba dentro de la fundición.

—Siempre jugando a ser un héroe —murmuró la criatura.

—Algunos nos tomamos nuestro deber muy en serio, Nidhiki, —gruñó Lhikan. Después se volvió hacia Vakama, señalando el paquete, y susurró—: Guárdalo bien. Ve al Gran Templo.

Nidhiki levantó las patas.

—Esta vez tu adiós será definitivo, hermano.

—Hace mucho que perdiste el derecho a llamarme hermano —dijo Lhikan.

Nidhiki escupió cargas de energía oscura. Lhikan a duras penas pudo esquivarlas, pero un rayo de energía golpeó el soporte de una pasarela, sesgándola. Lhikan estaba considerando cuál sería su siguiente movimiento cuando oyó un fuerte sonido que provenía de arriba. Levantó los ojos y vio una silueta gigantesca que caía sobre él.

—¡Se acabó el tiempo, Toa! —rugió la figura que caía en picado.

Nidhiki sonrió a su bestial compañero, Krekka, que cayó estrepitosamente sobre la pasarela junto a Lhikan. Inmediatamente, el Toa y el Cazador Oscuro comenzaron a luchar cuerpo a cuerpo. El tamaño y la fuerza de Krekka le daban ventaja, pero en Lhikan encontró un veterano de miles de enfrentamientos. El Toa esperó el momento oportuno y entonces se desplazó hacia un lado y utilizó la fuerza de Krekka en su contra. Con un movimiento suave, Lhikan lanzó a Krekka sobre el borde de la pasarela.

Puede que el Cazador Oscuro no fuese el ser más inteligente de Metru Nui, pero hasta él sabía lo que ocurriría si caía al tanque de protodermis fundida. Extendió la mano y se agarró al borde de la pasarela, izándose hacia arriba.

Lhikan miró a Vakama. El Matoran había estado contemplando la pelea, tan paralizado por el miedo que no se había percatado del daño causado por los rayos que había lanzado Nidhiki. Pero Lhikan sí era consciente de que la pasarela sobre la que estaba Vakama estaba a punto de derrumbarse.

—¡Vakama! ¡Muévete! —gritó.

Pero ya era demasiado tarde. El metal crujió y se partió en dos y la pasarela se separó de sus soportes, haciendo que Vakama empezara a deslizarse hacia el tanque de materia fundida. Ignorando la amenaza que suponía Nidhiki, Lhikan saltó a la plataforma rota y agarró fuertemente al Matoran.

Nidhiki entornó los ojos.

—La compasión siempre fue tu punto débil, hermano —dijo.

Lhikan luchó por alzar a Vakama hasta un lugar relativamente seguro. Entonces de repente notó que le agarraban y le levantaban por los aires. El Toa se volvió y comprobó que Krekka se había echo con el control de la grúa y era ésta la que mantenía al Toa y a Vakama suspendidos sobre el tanque burbujeante.

—¡Es hora de columpiarse! —gruñó Krekka.

El Cazador Oscuro movió los controles y empezó a bajar la grúa hacia el tanque. Lhikan invocó todas sus fuerzas y elevó a Vakama lo suficiente para que el Matoran pudiese agarrarse al gancho de la grúa.

—No lo sueltes —le ordenó el Toa.

—No pretendía hacerlo —contestó Vakama.

Eso había sido la parte fácil. Entonces Toa Lhikan empezó a balancear su cuerpo hacia atrás y hacia delante como si fuese un péndulo, en un intento por reunir la fuerza suficiente para poner en práctica el único plan viable. No pensaba en qué ocurriría si fallaba, ni en la sustancia fundida que tenía debajo; se centraba únicamente en el ritmo y velocidad de su balanceo.

En el momento adecuado, Lhikan se soltó de la grúa y salió volando por el aire. Aterrizó en el techo de la cabina de control de la máquina, para gran sorpresa de Krekka. Antes de que el Cazador Oscuro pudiera reaccionar, Lhikan le había empujado por los hombros hacia un lado y había detenido el descenso de la grúa.

El Toa no tuvo oportunidad de celebrar su triunfo. Una telaraña de energía lanzada por Nidhiki le envolvió atrapándole. Mientras luchaba en vano por escapar, tenía los ojos fijos en el Matoran.

—¡Vakama, el Gran Espríritu depende de ti! —gritó—. ¡Salva el corazón de Metru Nui! Krekka lanzó un arco de energía oscura que ató las manos del Toa, pero Vakama no pudo ver nada más. Su mente había sido tomada por una visión del futuro…

El tiempo se vuelve más y más lento, casi deteniéndose. Una cara que se aproxima, pero está oscurecida por olas de energía elemental. Ahora se empieza a ver más claramente…es Toa Lhikan… pero distorsionado… y detrás de él, un par de ojos rojos que irradian pura maldad…

Esta horrible visión sacó a Vakama de su trance, pero le dejó débil y tembloroso. Miró a su alrededor torpemente, justo a tiempo de ver cómo Krekka y Nidhiki arrastraban a Lhikan.

—¡Se acaba el tiempo! —gritó Lhikan—. ¡Detén la oscuridad!

—¡No! —gritó Vakama.

En realidad, no podía hacer nada más.

Cerca de las Fuentes de Sabiduría en Ga-Metru, cientos de Matoran levantaban los ojos hacia una pantalla gigante. La sabia y benevolente máscara de Turaga Dume, anciano de la ciudad, los observaba desde arriba. Nadie prestó atención a la carga que transportaban las patas del ser parecido a un insecto. Dirigido por Vahki Bordakh, las patrullas que hacían cumplir la ley en Ga-Metru, transportaba varias esferas grandes y plateadas.

—Matoran de Metru Nui —comenzó Dume, y su voz y su rostro se extendieron por toda la ciudad—. Con gran dolor debo informaros de la desaparición de nuestro querido Toa Lhikan.

En Ko-Metru, Ta-Metru y el resto de la ciudad, los Matoran se quedaron con la boca abierta. Tanto los que intentaban aproximarse a la pantalla como los que pretendían alejarse de ella eran detenidos por las patrullas de Vahki.

—Pero con la ayuda de los Vahki —continuó Dume—, mantendremos el orden. Confiad en mí y pronto acabaré con todas vuestras preocupaciones.

Las palabras del Turaga cayeron como dagas sobre Vakama. De vuelta en su forja, observaba el paquete que Lhikan le había dado.

—Toa Lhikan... te he fallado —dijo con tristeza. Cuando retiró el papel del envoltorio descubrió que lo que tenía en sus manos era una piedra Toa. En ese momento se dio cuenta de que había algo inscrito en el papel metálico, pero antes de que pudiese observarlo más de cerca...

—No deberías culparte, Vakama.

El Matoran se giró y vio a Turaga Dume entrando, flanqueado por una patrulla de Vahki. Al menos una máscara más alto que Vakama, Dume irradiaba sabiduría y un sentimiento paternal en todos los Matoran. Pero los Vahki que le rodeaban recordaban constantemente que Dume era *la* autoridad en Metru Nui y que sus palabras debían ser obedecidas.

Dume miró a su alrededor y vio el caos provocado por el fragor de la lucha entre Lhikan y los Cazadores Oscuros.

—Eres un fabricante de máscaras, no un Toa, —dijo amablemente.

Vakama hizo un gesto con la cabeza. Cuando Dume miró hacia otro lado, depositó la piedra Toa y su envoltorio sobre la mesa desordenada que había detrás de él. Una vez escondida la piedra, se dispuso a acercarle una silla a Dume, pero tropezó y cayó al suelo.

—He venido a buscar la Máscara del Tiempo, —dijo Dume.

Vakama se esforzó por dominar sus pies.

—Sí, eh, bueno… Lo siento, Turaga. Todavía no está lista. Las Grandes Máscaras requieren tiempo para fabricarse.

—Quizá estés utilizando discos de calidad inferior.

—Utilizo la mejor calidad disponible, Turaga. Sólo los Grandes Discos son más puros, pero sólo pueden ser recuperados por un Toa.

Dume le dio la espalda.

—Desde luego. Es una pena que Toa Lhikan no esté aquí para ayudarte.

Vakama se volvió y chocó contra la mesa, haciendo que la piedra Toa cayera. Con un movimiento preciso la recogió y la volvió a esconder antes de que Dume se volviera hacia él.

—Lleva la máscara terminada al Coliseo antes de la gran prueba —le ordenó el Turaga—. El destino de Metru Nui está en tus manos.

Vakama suspiró aliviado cuando el Turaga y sus Vahki se marcharon. En cuanto los perdió de vista, retomó el papel metálico. Al examinarlo de cerca, descubrió que la inscripción era un mapa detallado… el mapa de un lugar que todos los Matoran conocían bien.

—El Gran Templo… —susurró Vakama.

En cuanto pudo, Vakama se dirigió hacia Ga-Metru. Pero cuando llegó al Gran Templo, descubrió con sorpresa que allí había otros Matoran también. Cinco, exactamente, y todos desconocidos para él.

Matau miró a Vakama de arriba abajo y preguntó:

—¿Escupefuego? ¿Te has equivocado de camino?

—Dímelo tú —contestó Vakama, abriendo la mano para mostrar la piedra Toa que llevaba.

Nokama dio unos pasos hacia él y le mostró que ella también tenía una piedra Toa. Todos los demás Matoran hicieron lo mismo.

—Parece que todos somos destinatarios de los regalos de Toa Lhikan. Todas parecidas y aún así cada una de ellas única.

—¡Como nosotros! —dijo Matau sonriendo—. Todos Matoran… aunque algunos más guapos que otros.

Whenua negó con la cabeza.

—¿Cuándo se ha visto que los Matoran sean convocados al Gran Templo de esta manera?

—¿Qué se espera de nosotros? —añadió Nuju—. Todos somos simplemente... extraños.

—Algunos más extraños que otros —dijo Onewa.

Nokama dirigió una dura mirada al Po-Matoran.

—Tu negatividad contamina este santuario, constructor.

—Guárdate las lecciones para tus clases, profesora —la espetó Onewa.

La discusión fue interrumpida por la repentina aparición de un altar de piedra, que emergió del suelo delante de ellos.

—¡El Toa Suva! —exclamó Vakama.

—Cuando los Toa sean conscientes de todo su potencial, este altar suva les proporcionará sus poderes elementales —recitó Whenua de memoria.

Todos los Matoran se adelantaron y colocaron sus piedras Toa sobre unos nichos en el suva. De las piedras surgieron rayos de energía elemental. La cámara del templo tembló como si se estuviese produciendo un terremoto en la ciudad. Entonces, tan rápido como habían empezado, los temblores cesaron.

Los Matoran se miraron unos a otros, desconcertados, cuando la imagen de la máscara de Toa Lhikan apareció en el haz de energía. La Kanohi Hau amarilla flotaba en el aire.

—Fieles Matoran, Metru Nui os necesita —dijo la Hau, hablando con la voz de Lhikan—. Una sombra amenaza su corazón. Demostrad que merecéis ser Toa y no temáis. El Gran Espíritu os guiará de formas que no podéis imaginar.

La máscara empezó a brillar de manera cegadora. Los Matoran retrocedieron ligeramente cuando de la máscara surgieron haces de energía que los bañaron con un poder inimaginable. Los Matoran empezaron a resplandecer, y después cambiaron. Sus cuerpos se hicieron más altos y fuertes, y se formaron armaduras allí donde antes no las había. Sus máscaras se transformaron de simples Kanohi de Matoran en Grandes Máscaras de Poder.

La máscara flotante, ahora una bola brillante de luz, de repente se apagó. No quedó ni rastro de ella, ni tampoco de las piedras Toa. Los seis Matoran (ahora seis Toa Metru con armadura) se miraron unos a otros y a sí mismos desconcertados.

—¿Somos… Toa? —preguntó Onewa, cuya voz delataba emoción.

—¡Si parecemos héroes Toa, entonces es que somos héroes Toa! —respondió Matau.

Whenua agitó la cabeza —¿Desde cuándo se convierten los Matoran en Toa así como así?

—Cuando se ciernen tiempos inciertos —sugirió Nuju.

Onewa miró a su alrededor.

—Ahora todo lo que necesitamos son…

En respuesta, los lados del suva elevado se abrieron revelando un escondite repleto de herramientas Toa.

—¡Justo eso! —gritó Matau.

Los seis nuevos Toa se precipitaron a elegir su equipamiento. Onewa asió un par de protoclavijas de escalada, Nuju dos lanzas de cristal y Whenua taladros para la tierra. Vakama meditó un momento antes de elegir un lanzador de discos para él.

—Buena elección… para jugar en los juegos Matoran, fabricante de máscaras —rió entre dientes Matau.

Nokama eligió un par de hidrocuchillas, mientras Matau empezaba a practicar con sus deslizadores aéreos. Realizó una serie de maniobras rápidas con las afiladas herramientas, gritando:

—¡Oh, sí! —en mitad de un ejercicio especialmente complicado, se le escapó de las manos una de las cuchillas que casi golpea al nuevo Toa Metru del Agua.

—¿Debo recordarte —le increpó Nokama—, que se trata de honrar nuestras responsabilidades hacia el Gran Espíritu?

—Nokama tiene razón —afirmó Whenua—. Fabricante de máscaras, tú fuiste el último que viste a Toa Lhikan, ¿no es así?

Cuando Vakama asintió con la cabeza, Nuju dijo:

—¿Qué dijo que podíamos esperar?

De forma vacilante, Vakama dio un paso hacia delante.

—Dijo que… —susurró el Toa Metru del Fuego.

—¡Habla más alto, escupefuego! —dijo Onewa.

—Me dijo que detuviera la oscuridad… que tenía que salvar el corazón de Metru Nui —contestó Vakama—. Después los Cazadores Oscuros se lo llevaron… fue por mi culpa.

Vakama dejó de hablar. Sus pensamientos se hicieron interiores cuando otra visión se apoderó de él.

Las sombras inundaban el paisaje. Vakama dirigía un grupo de figuras hacia Metru Nui, cuando se produjo un destello brillante ¡que iluminó una ciudad en ruinas! Aturdido, Vakama siguió y comprobó que de repente la ciudad estaba restaurada ante sus ojos.

Seis Discos Kanoka volaron hacia él. Vakama se agachó y flexionó para evitar que le golpearan, aunque los discos no intentaban dañarle. Por el contrario, se fusionaron para formar un inmenso disco antes de explotar de forma brillante y convertirse en…

Entonces Vakama volvió con los otros Toa. Aunque la visión había cesado, aún seguía protegiéndose los ojos del exceso de luz. Onewa le miró y dijo:

—Todo ese calor debe haberle cocido el cerebro.

—¡Lo he visto! —dijo Vakama frenéticamente—. ¡Metru Nui estaba destruida! Los seis Grandes Discos Kanoka se dirigieron derechos hacia mí.

—Gracias por compartir tus sueños —dijo Matau, sin hacer ningún esfuerzo por que no se notara el tono de duda en su voz.

—El hecho de encontrarlos le demostraría a Turaga Dume que merecemos ser Toa, —insistió Vakama.

—Bueno, según la leyenda hay un Gran Disco oculto en cada metru —dijo Whenua.

—¿Entonces vamos a embarcarnos en una cacería encarnizada sólo porque un escupefuego se ha pasado demasiado tiempo delante de su forja? —se mofó Onewa.

—Las visiones pueden ser una señal de locura, —dijo Nokama—. O mensajes del Gran Espíritu. Pero como Toa, no podemos permitirnos ignorarlas.

Como nadie habló, ella continuó.

—Entonces así lo acordamos. Cada uno recuperará el Gran Disco de su propia metru y se lo entregará a Turaga Dume.

Onewa miró a Vakama y murmuró:

—Hago esto por Lhikan. Por nadie más.

Nokama condujo a los Toa Metru al interior del templo. En uno de los muros había un antiguo grabado que, según dijo la Toa del Agua, contenía pistas sobre la ubicación de los seis Grandes Discos.

—Los Grandes Discos serán encontrados al buscar lo desconocido en lo conocido… —leyó.

«En Po-Metru, debes buscar una montaña en equilibrio…».

En la cima del Campo de Esculturas de Po-Metru, Onewa, Toa de la Piedra, luchaba por liberar el Gran Disco. El disco estaba incrustado en un inmenso bloque triangular de protodermis que mantenía un delicado equilibrio sobre un punto. Con un gran esfuerzo, liberó el disco y… el bloque comenzó a deslizarse hacia él.

«En Ko-Metru, busca donde el cielo y el hielo se unen…».

Nuju, Toa Metru del Hielo, se deslizaba por una inclinada rampa en una prolongada caída. Cuando pasó junto al borde del tejado de la Torre de Sabiduría, Nuju se agarró a una enorme estalactita que colgaba de la cornisa. Entonces se dio cuenta de que esa estalactita era poco usual.

En su interior congelado había un Gran Disco.

El Gran Disco de Le-Metru te rodeará por completo cuando lo encuentres…

Matau, Toa del Aire, estaba justo en el lugar que siempre había esperado evitar: en el interior de una esfera de fuerza magnética lanzado a través de un conducto de transporte de los Le-Matoran hacia una destrucción segura. Pero la esfera, que absorbía todos los desechos de su alrededor, había capturado también el Gran Disco y, a menos que Matau lo recuperase, acabaría hecho pedazos.

Algunos días, ser un héroe Toa no es como se supone que debería ser, se dijo a sí mismo.

«Ninguna puerta debe dejarse sin abrir en Onu-Metru…».

Whenua luchaba por cerrar una puerta en los Archivos. Pero el enojado cangrejo mutante Ussal que había al otro lado tenía otra idea. Sus inmensas mandíbulas crujían, intentando atrapar al Toa de la Tierra con sus pinzas. No era la primera vez que Whenua deseaba que hubieran puesto indicaciones en las puertas de las salas de exhibición de este museo viviente.

Haciendo uso de toda su fuerza como Toa, Whenua consiguió cerrar y atrancar la enorme puerta. Miró el Gran Disco que sostenía en sus manos y esperó que al final todo este esfuerzo hubiera valido la pena.

«En Ga-Metru, ve más profundo que ningún otro Toa antes…».

Nokama nadaba en el mar de protodermis con movimientos suaves y ligeros. Había conseguido rescatar el Gran Disco de entre dos rocas puntiagudas y ahora se dirigía hacia la superficie con él.

Estaba tan emocionada por haberlo encontrado que no se dio cuenta de que las dos "rocas" eran dientes… de una enorme criatura de las profundidades del océano que ahora le estaba dando alcance…

«Abraza la raíz del fuego en Ta-Metru…».

Vakama estaba suspendido de un tanque de fuego de Ta-Metru, atrapado por una planta ennegrecida y retorcida. En una mano sostenía fuertemente un Gran Disco… pero no era capaz de imaginar cómo saldría del tanque con el disco intacto.

«Y estos gloriosos discos serán vuestros».

Después de muchas aventuras, tanto juntos como por separado, los Toa Metru por fin se reunieron frente al Coliseo. Cada uno de ellos llevaba el Gran Disco de su metru.

Nokama miró a sus compañeros Toa Metru.

—¿Algún problema?

Los Toa dirigieron los ojos hacia el suelo, hacia el Coliseo, a cualquier cosa menos unos a otros.

—No, —mascullaron por turnos.

Después caminaron juntos hacia la gran puerta del Coliseo de Metru Nui.

3

El Coliseo se alzaba sobre la ciudad. Se encontraba en la intersección de las seis metru, tan alto que parecía que casi tocaba el cielo. El Coliseo era lo suficientemente grande como para que cupiesen todos los Matoran de Metru Nui, y servía tanto como estadio como estación de energía para toda la ciudad. Las dependencias de Turaga Dume también se encontraban en este impresionante edificio. En uno de los lados del estadio se alzaba una estatua de Toa Lhikan, en el otro el palco de Dume.

Los Toa Metru entraron en la arena en medio de un torneo de Discos Kanoka. A su alrededor, los Matoran se deslizaban en los discos sobre el ondulado suelo intentando introducir sus Kanoka en las canastas que había a bastante altura en las paredes. Cuando los jugadores vieron a los visitantes, cesaron de jugar inmediatamente y se hicieron a un lado. El suelo del estadio volvió a adoptar su forma plana natural.

Sosteniendo los Grandes Discos bien altos, los Toa Metru se colocaron en el centro del estadio. En voz baja al principio, la multitud comenzó a entonar.

—Toa... Toa... Toa. Después fueron subiendo el tono hasta pronunciar esta palabra con una algarabía que hacía retumbar el Coliseo.

—¡Hola, Metru Nui! —gritó Matau saludando con la mano. Después se volvió hacia los otros Toa, diciendo: —¡Siempre quise gritar-exclamar eso!

Desde lo elevado de su palco, Turaga Dume observaba la llegada de los Toa con sorpresa. Estaba flanqueado por dos Vahki Rorzakh de Onu-Metru, y su enorme y fuerte halcón, Nivawk, estaba posado tras él.

Dume se inclinó hacia delante y dijo con incredulidad:

—¡¿Vakama?! Realizó un pequeño esfuerzo para retomar el control de sí mismo y continuó—: Matoran por la mañana. Toa por la tarde. No es de extrañar que todavía no hayas terminado la Máscara del Tiempo.

—Disculpa el retraso, Turaga, pero... —comenzó Vakama.

—Un rato somos Matoran, al siguiente somos poderosos-fuertes —gritó Matau, moviendo el cuerpo para simular la conmoción—. ¡Y Toa con máscara!

Nokama elevó su Gran Disco, seguida por los demás, y dijo a Dume:

—Te presentamos los Grandes Discos Kanoka como prueba de nuestra condición de Toa.

—La condición de Toa debe demostrarse con actos, no con simples regalos —contestó Dume—. Después, dirigiéndose a la multitud, dijo: —¡Matoran de Metru Nui! ¡El Gran Espíritu nos ha proporcionado seis nuevos Toa que indudablemente demostrarán su valor en los campos de honor!

La multitud aplaudió, pero los Toa Metru se quedaron inmóviles, aturdidos. Todo ese esfuerzo para recuperar los Grandes Discos, ¿y Turaga Dume los rechazaba? Uno a uno, entregaron los discos a Vakama, y sus caras mostraban que se sentían contrariados y menospreciados. Su idea no había funcionado.

—Toma esto, escupefuego, —refunfuñó Onewa.

En la sala de control del Coliseo, los Matoran manipulaban laboriosamente una serie de interruptores y palancas. Los Toa Metru podían oír los chasquidos y crujidos de la maquinaria bajo sus pies.

Entonces el rostro de Dume apareció en la pantalla gigante que había frente al campo.

—¡Cruzad el Mar de Protodermis —les increpó— y seréis venerados como Toa!

El campo empezó a moverse, elevarse y ondularse bajo los Toa Metru. Lucharon por mantener el equilibrio mientras ola tras ola cruzaban el suelo. Después, del suelo empezaron a elevarse aleatoriamente una serie de grandes columnas plateadas coronadas por puntas cortantes que amenazaban con pinchar a los Toa.

Matau esquivó a duras penas la primera arremetida, diciendo:

—¡Afortunadamente soy rápido-veloz! —pero esta acción dejó a Nuju en medio del peligro. El Toa Metru del Hielo dio un salto hacia atrás, chocando contra Whenua, y ambos cayeron al suelo.

—¿Cómo sobreviviremos? —preguntó Nuju.

—¡Utilizaremos las máscaras de poder que el Gran Espíritu nos ha dado! —respondió Whenua.

—¿Y cómo lo hacemos?

No hubo tiempo para responder porque las columnas seguían elevándose del suelo. De nuevo en pie, Nuju esquivó un par de ellas, sin darse cuenta de hacia donde estaba balanceando su gancho de cristal. Su herramienta Toa pasó rápidamente junto a las piernas de Vakama, enviando al Toa del Fuego al suelo. La multitud comenzó a reír.

Vakama se recuperó del impacto y, cuando miró hacia arriba, descubrió una ola gigante de protodermis sólida que se dirigía derecha hacia el Toa. Se incorporó sobre sus pies mientras Nokama le señalaba hacia un pasaje en el extremo del campo.

—¡Sígueme! —gritó, liderando el camino hacia un lugar seguro.

La gran ola se elevó detrás de ellos, pero los Toa consiguieron mantener el equilibrio y deslizarse por el lateral de la ola. Pero frente a ellos se elevaron más olas, cada una más grande que la anterior. Una de ellas levantó a Whenua por los aires y después lo arrojó sobre el campo.

Las olas golpeaban a los Toa por todas partes. Mientras Onewa esquivaba por los pelos una ola gigantesca de protodermis de siete metros, Nuju, Vakama y Nokama eran lanzados por otra en diferentes direcciones. Después frente a ellos se alzó la ola más grande de todas, que avanzaba a una velocidad alarmante y que se rompió en grandes bloques de metal.

—¡Es la hora de correr-escapar! —gritó Matau.

—¡Avanzad! —gritó Nuju.

—¡No, hacia atrás! —dijo Whenua, echándose hacia atrás y chocando con el Toa del Hielo. Los dos levantaron la vista justa a tiempo de ver cómo los bloques de protodermis caían sobre ellos. Sólo sus ágiles reflejos les salvaron de ser aplastados.

—¡Ya es suficiente! —exclamó Dume. Los Matoran de la sala de control obedecieron y cerraron el campo.

Los Toa Metru estaban repartidos por todo el campo, exhaustos. La multitud permanecía en silencio. Dume se inclinó hacia las seis figuras y sonrió.

—Aplaudamos a estos bufones —dijo—. Quizá pretendían divertirnos en estos momentos difíciles...

—¡No! —gritó Vakama—. ¡Somos Toa!

—¿O son unos impostores responsables de la muerte de Toa Lhikan? —continuó Dume—. ¡Vakama, aquí presente, fue el último en verle!

—Sí, pero... no... no es verdad! —balbuceó Vakama.

La cara de Dume les miró de lado desde la pantalla gigante.

—¡Apresadlos!

Vakama abrió los ojos de par en par cuando vio a Krekka y a Nidhiki que se levantaban junto a Turaga Dume. ¿Sería que…?

—¡No, fueron ellos! —gritó, señalando a los dos Cazadores Oscuros—. ¡Ellos lo hicieron!

Las patrullas de Rorzakh acorralaron a los Toa, con las armas preparadas. Los Matoran del centro de control pulsaron más interruptores, convirtiendo el centro del campo en un inmenso tornado metálico. Whenua, Nuju y Onewa, próximos al centro del vórtice, luchaban por resistir la fuerza que los atrapaba.

Nuju intentó clavar su gancho de cristal al suelo, pero la fuerza del tornado se lo arrancó de las manos y desapareció en la oscuridad. Unos segundos después, Nuju se unió al gancho, volando de cabeza hacia el vórtice. Por el camino, chocó contra Whenua, enviando también al Toa de la Tierra de cabeza contra el remolino.

Matau y Nokama clavaron sus herramientas en la protodermis para intentar vencer la fuerza que los atrapaba. Vakama pasó volando junto a ellos, pero Nokama se las arregló para agarrarlo en el último momento con la mano que le quedaba libre.

Onewa no tuvo tanta suerte. Al grito de «¡Ayuda!», desapareció en el tornado.

Nokama miró a su alrededor. Los Rorzakh se acercaban y los tres Toa que quedaban estaban indefensos. Entonces se fijó en la estatua de Toa Lhikan.

—¡Vakama! —gritó, señalando hacia la escultura—. ¡La estatua! ¡Derríbala!

El Toa del Fuego asintió con la cabeza y se dispuso a cargar un disco en su lanzador de discos. Estaba en medio de esta operación, cuando se dio cuenta de que tenía uno de los Grandes Discos en la mano. Lo pensó mejor y sustituyó los discos de su paquete.

Apuntando con toda la precisión que las circunstancias le permitían, Vakama lanzó una serie de discos a la base de la estatua. La mitad de los discos contenían el poder de debilitar, la otra mitad el poder de reconstituir aleatoriamente; la combinación era explosiva y envió la escultura derecha al suelo. Los Rorzakh se vieron atrapados por la caída de la estatua; algunos fueron arrastrados hacia el vórtice y otros quedaron atrapados bajo la estatua.

—¡Adelante! ¡Ahora! —dijo Nokama.

Los tres Toa se arrastraron sobre la estatua, pasaron junto a los asombrados Rorzakh y salieron del Coliseo. Mientras corrían, Matau echó una mirada rápida al lanzador de discos de Vakama. —Impresionante herramienta Toa —dijo. ¿La cambiarías?

Pero Vakama no le escuchó. Tenía toda su atención, y su ira, centrada en el Turaga de su ciudad.

Dume se volvió hacia Nidhiki y Krekka, y sin poder disimular el tono de ira en su voz, dijo:

—Los nuevo Toa no deben interferir en el plan.

Nidhiki se encogió de hombros.

—Son simples Matoran con armadura de Toa. Tal y como es nuestro deber, no fallaremos.

Krekka se quedó pensativo durante un buen rato antes de asentir con la cabeza.

Una vez fuera del Coliseo, los tres Toa Metru se detuvieron para recuperar el aliento. La mente de Vakama seguía dándole vueltas al hecho que acababan de descubrir: que Dume, Nidhiki y Krekka eran cómplices.

—Los Cazadores Oscuros apresaron a Toa Lhikan... ¡para Turaga Dume! ¡Él es el responsable! —dijo.

Nokama asintió con la cabeza.

—Y ahora los enviará a por nosotros.

—Y todo porque el escupefuego falló-fracasó, —masculló Matau—. Recordaba muy bien lo que Vakama había dicho sobre cómo se quedó inmóvil mientras raptaban a Toa Lhikan.

Vakama no respondió. No había nada que pudiera decir.

—Tenemos que salir de aquí, —dijo Nokama—. Miró hacia abajo y vio a lo lejos un conducto de transporte. Saltar a uno era arriesgado. Si la velocidad y el ritmo del flujo no eran los adecuados, rebotaría sobre la capa exterior en lugar de introducirse en el flujo magnético de protodermis.

Respiró profundamente y saltó desde el borde. Siendo una experta buceadora, mantuvo el cuerpo todo lo erguido que pudo y los ojos fijos en su destino. Golpeó el conducto a la perfección, atravesando la capa exterior, y empezó a nadar suavemente por el conducto.

En lo alto, Vakama la observaba nadar aterrado. Los Ta-Matoran no iban por ahí lanzándose de un salto como los escaladores de cables de Le-Metru ni nadaban en el mar como los peces Ruki. Vakama nunca se había incorporado a un conducto de otra forma que no fuese a través de una estación de conductos. Además de ser peligroso, era una forma segura de atraer la atención de los Vahki.

Detrás de él, Matau se impacientaba. Dio un empujón a Vakama y lanzó al Toa del Fuego por los aires. Afortunadamente, golpeó el conducto justo en el momento preciso y se introdujo en el flujo de protodermis de una pieza. Le costó un rato adaptarse al nuevo entorno. Se agarró a un contenedor de carga que pasó junto a él y dejó que éste le arrastrase detrás de Nokama.

Matau se volvió al escuchar un ruido detrás de él. Krekka y Nidhiki salieron del Coliseo. Cuando vieron al Toa, adoptaron una forma más aerodinámica y se precipitaron hacia delante. Aterrorizado, Matau saltó.

En circunstancias normales, el habitante de Le-Metru era uno de los mejores saltadores de conductos. Pero nunca había intentado hacerlo con dos Cazadores Oscuros persiguiéndole. Llevaba los brazos y las piernas cada uno por su lado mientras caía. Aterrizó con un gran golpe sobre el conducto, y después se filtró lentamente en la protodermis. Por una parte estaba contento de estar seguro temporalmente, pero por otra esperaba que nadie que le conociese le hubiera visto.

Turaga Dume caminaba lentamente por sus cámaras privadas. A pesar de las numerosas antorchas que había encendidas, la enorme sala estaba en penumbra y fría. Rodeando el gran trono que descansaba sobre el bruñido suelo, Dume abrió una puerta secreta que había en la pared del fondo y la atravesó.

Detrás de la puerta había una sala que nadie excepto él había visto nunca. Por ambos lados de la habitación entraban los rayos de sol iluminando un par de inmensos relojes de sol. Los instrumentos consistían en grandes platos circulares en los que había inscrito un lenguaje ancestral cuando Metru Nui era nueva, y pilares de piedra oscura que proyectaban unas sombras siniestras. Los platos giraban con un chasquido rítmico, haciendo que las sombras de los pilares del reloj de sol se acercaran a cada segundo.

Turaga Dume caminó hacia la parte más oscura de la habitación. Entre las sombras aparecieron ante él un par de siniestros ojos rojos. Una voz retumbó desde la oscuridad:

—La Máscara del Tiempo no estará terminada.

—No, —dijo Turaga Dume—. Pero cuando caiga la Gran Sombra, los Vahki determinarán la suerte de todos los Matoran.

Los ojos retrocedieron hacia la oscuridad. El mismo silencio que en una tumba reinaba de nuevo en la habitación.

4

Toa Nokama giró el cuerpo para evitar chocar contra un trineo de carga. Detrás de ella, Vakama y Matau hicieron lo mismo a la vez que intentaban aferrarse a los objetos que se desplazaban por los conductos. Era la hora punta del tráfico en Metru Nui y los convoyes de carga se desplazaban a una velocidad alarmante.

Aun así, su agilidad y fuerza como Toa hacían de ésta una tarea que podía controlar. El auténtico reto era averiguar a qué sitio de Metru Nui podían ir sin que los Vahki les pudieran seguir.

En el interior de la sala de control de Le-Metru que controlaba los conductos, un Matoran sumamente asustado buscaba ayuda… pero nadie le ayudaba. El nombre del Matoran era Kongu, y en los numerosos años de trabajo que llevaba nunca se había enfrentado a nada más peligroso que alguna avería ocasional de la esfera de fuerza o de un conducto. Ahora, apresado en las garras de un Cazador Oscuro llamado Krekka, sintió el auténtico significado de la palabra terror.

—¡Todo el sistema explotará si invierto el flujo! —gritó.

Al fondo, Nidhiki murmuró algo. Krekka levantó uno de sus poderosos brazos para que Kongu supiese cuál sería su destino si se negaba a colaborar.

—Puede ser que funcione —dijo débilmente Kongu. Deslizó la mano sobre un botón y con un gran ruido las bombas de protodermis magnética que daban energía a los conductos empezaron a invertir el flujo.

El viaje de los Toa finalizó bruscamente. El movimiento de avance se detuvo en todos los conductos a la vez, dejando a los héroes, los Matoran y los trineos de carga suspendidos en el campo de energía. Vakama y Matau se miraron el uno al otro y se encogieron de hombros.

Después, con un ruido ensordecedor, el flujo de los conductos de repente se invirtió. Los Toa cayeron hacia atrás, fuera de control, chocando con las paredes a medida que el sistema de transporte

adquiría velocidad. No había nada a lo que agarrarse ni ninguna forma de conseguir tracción.
Incluso pensar se hacía difícil debido a los constantes golpes.

Nokama dio un salto mortal y pudo ver de reojo
un trineo de carga que giraba descontrolado hacia
ella. En el último momento, ella y los demás Toa
se pegaron a las paredes y pudieron ver cómo el
vehículo pasaba rápidamente junto a ellos.

Esto no puede seguir así, pensó Nokama. *Es sólo
cuestión de tiempo que algo nos golpee... o lo que es
peor, que acabemos en el mismo sitio donde empezamos: en manos de los Vahki.*

Con este pensamiento en mente, Nokama clavó
sus dos hidro cuchillas en el suelo del conducto.
Aferrándose a las cuchillas con una mano, atrapó a
Vakama con la otra. Después Vakama agarró a
Matau, formando una cadena.

Así dejaron de avanzar y Matau liberó su cuchilla aérea y cavó un agujero en el suelo del conducto.
Miró hacia arriba y vio otro trineo de carga
descontrolado que se desplazaba hacia ellos. En el
último instante antes de que les golpease, los tres
Toa se precipitaron al aire a través del agujero.

Ahora se encontraban colgados en el aire, a bastante altura sobre Metru Nui. Nokama se aferraba a sus hidrocuchillas, y Vakama se agarraba a ella por el tobillo. Con la mano que le quedaba libre, sostenía a Matau.

—¿Estáis todos bien? —preguntó Nokama.

Matau miró hacia arriba mientras colgaba sobre la ciudad.

—Oh, estupendamente-bien —dijo con sarcasmo—. Sólo estamos disfrutando de la vista.

Nokama miró hacia abajo a Vakama. El Toa del Fuego tenía la mirada perdida en el aire.

—¿Vakama? —dijo ella.

Pero Vakama no estaba allí, al menos no en cuerpo y alma. Estaba perdido en otra visión…

Estaba de pie junto a Toa Lhikan. Pero cuando Vakama empezó a moverse para saludar a su amigo perdido, el Toa se transformó de repente en un cegador haz de energía. La esfera de luz flotó en el aire durante unos instantes y después salió despedida hacia el cielo.

Vakama levantó la vista para verla cruzar como un rayo el cielo de la noche. A medida que aumentaba su velocidad por la oscuridad, el campo de energía se modificaba y cambiaba hasta que se asemejó a las estrellas fugaces que estudiaban los alumnos de Ko-Metru. Pero no se trataba de un fenómeno astronómico ocasional... no, parecía más bien una flecha que apuntaba hacia delante.

Con un sobresalto, Vakama salió del trance. Nokama le observaba preocupada desde arriba.

—¿Otra visión? —preguntó la Toa del Agua.

Vakama afirmó con la cabeza, un poco avergonzado.

—¿Y por qué no te centras un poco más en cómo salvar a los Toa en lugar de pensar en tus predicciones? —gritó Matau.

Nokama echó un vistazo hacia arriba y observó que sus hidrocuchillas estaban perdiendo su agarre al conducto. Intentando mantener la calma, empezó a balancearse y el movimiento de su cuerpo hizo que los demás Toa se moviesen también. Poco a poco, comenzaron a adquirir ritmo, balanceándose hacia una torre de apoyo cercana. Con cada balanceo, las hidrocuchillas perdían un poco más de agarre.

En medio de uno de los balanceos, las herramientas Toa de repente se soltaron. Nokama se impulsó por el aire y se agarró a la torre de apoyo. Pero la sacudida desequilibró a Vakama y a Matau, haciendo que el Toa del Fuego se soltase. El Toa del Aire se precipitó a toda velocidad hacia el suelo.

—¡Matau! —gritó Vakama.

Pero el Toa del Aire no pudo oírle a causa del ruido que hacía el aire en sus oídos. En su caída completamente descontrolada, deseó desesperadamente haber aprendido a dominar su Gran Máscara de Poder. *A menos, claro, que sea un poder inútil-estúpido como respirar en el agua*, pensó. *Pero si se trata de algo como la levitación, será bien recibido-acogido en este preciso momento...*

Mientras este pensamiento se le pasaba por la cabeza, la caída se convirtió en un planeo controlado. Sus deslizadores aéreos cortaban el aire, actuando como alas. En la cara de Matau surgió una gran sonrisa.

—¡Mi Máscara de Poder! —gritó feliz—. Puedo...

El movimiento ascendente se convirtió en descendente sin previo aviso, enviando a Matau de cabeza contra una pantalla gigante.

—¡Ahhh! Vaya vuelo —gruñó.

Cuando se deslizaba por la pantalla, la cara de Turaga Dume apareció bajo él.

—Todos los Matoran deben buscar a los falsos Toa —ordenó el anciano de Metru Nui.

Sobre él, Nokama sintió cómo se le encogía el corazón. De alguna forma, pensaba que esto no era lo que Lhikan tenía en mente cuando les dio las piedras Toa.

Nokama echó una rápida ojeada a su alrededor. No había Vahki Keerakh en esta zona, ni tampoco demasiados Matoran por esa razón. Parecía un lugar seguro para que los tres Toa Metru se detuvieran a intentar averiguar qué había pasado.

Matau tardó un rato en recuperarse de su primer "vuelo en solitario". Nokama se había propuesto no burlarse de él por este asunto, ya que el Toa del Aire parecía sentirse bastante mal por ello. Vakama estaba un poco apartado, haciendo algo con un par de Grandes Discos.

Nokama se aproximó a él justo a tiempo de ver cómo acercaba los discos entre sí hasta que se tocaron. Entonces ocurrió algo extraño: los discos se reblandecieron y empezaron a fusionarse en uno solo. Vakama los separó rápidamente, intrigado y sorprendido.

—¿Vakama?

—¿Um? —dijo el Toa del Fuego, sin levantar la vista.

—¿Cuál fue tu última visión? —preguntó Nokama.

Vakama señaló hacia el cielo. En la oscuridad podía verse una mancha de luz amarilla.

—¡Eso! La estrella espíritu de Toa Lhikan. Todos los Toa tienen una. Mientras brille en el cielo de la noche, Toa Lhikan seguirá vivo.

—Se dirige hacia Po-Metru —dijo Nokama.

Matau se acababa de unir al grupo. Levantó la vista hacia la estrella espíritu, se encogió de hombros y dijo:

—¿Qué pasa con los hermanos Toa capturados?

Vakama movió la cabeza.

—Sólo Toa LHikan puede detener a Turaga Dume y liberar a los otros Toa.

—¿Y cómo propones que capturemos-consigamos una estrella espíritu? —preguntó Matau.

Nokama inspeccionó la zona. Al final de la calle divisó un vehículo de transporte de Vahki que se desplazaba lentamente por la metru. El largo vehículo se impulsaba con una serie de patas parecidas a las de un insecto. Transportaba una carga de grandes esferas plateadas. Sólo había un Vahki que hacía las veces de conductor.

—Quizá nos haya sido revelado el cómo, montador —dijo Nokama sonriendo.

La Toa del Agua y el Toa del Aire empezaron a correr hacia el transporte. Cuando habían avanzado un poco, Nokama miró hacia atrás y vio que Vakama no se había movido del sitio. Seguía jugando con los dos Grandes Discos.

—¡Vakama! —gritó.

Sobresaltado, Vakama guardó los discos en su mochila y corrió para alcanzarlos. Cuando el transporte pasaba retumbando cerca de ellos, los tres se introdujeron en la parte posterior sin ser vistos. Se acomodaron entre los altos montones de esferas plateadas; ninguno había visto nunca nada parecido a ellas.

—¿Qué serán estas cosas? —se preguntó Vakama.

—Contenedores de almacenamiento —contestó Matau—. Pero con un aspecto muy extraño.

Vakama pasó la mano por una de las esferas y su mente empezó…

Sin previo aviso, la esfera se abrió y en su interior descubrió a un Matoran en un estado semejante al coma. Justo después, la luz del corazón del Matoran se apagó. Antes de que Vakama pudiese reaccionar, la máscara del Matoran empezó a desdibujarse y a transformarse, convirtiéndose en la máscara de Turaga Dume. Un par de ojos rojos miraron a Vakama desde la máscara Kanohi de Dume...

El Toa del Fuego volvió a la realidad con un sobresalto. Otra visión... y si fuese verdad...

Echó a Matau a un lado para acercarse a la esfera más próxima.

—¡Eh! ¿Estás enfadado-enojado? —increpó Matau.

Vakama lanzó la esfera para que se abriese para descubrir que dentro había... nada. Nokama se colocó junto a él para observar el contenedor vacío.

—¿Qué pasa, hermano? —preguntó.

El Toa del Fuego observó atentamente la oscuridad que reinaba en el interior de la esfera.

—Nada, hermana. Nada en absoluto —dijo con firmeza.

Matau miró a Nokama a los ojos e hizo girar su mano, una forma poco sutil de decir que Vakama estaba loco. Nokama frunció el entrecejo; una parte de ella deseaba poder creerlo. Así las cosas serían mucho más fáciles. Pero en su interior tenía la sensación de que la situación de Metru Nui era mucho peor de lo que ninguno de ellos sabía... excepto, quizá, Vakama.

5

A Whenua le parecía que las cosas no podían ir peor. Él, Nuju y Onewa se habían despertado en una celda de gruesas paredes de roca y una sólida puerta metálica. Sus herramientas Toa no estaban. Y lo que era peor: no sólo estaban atrapados si no que además se sentían torturados por su propia compañía.

Por sexta vez en los últimos dos minutos, Whenua empujó la puerta. Pero estaba bien cerrada con llave.

—Esto es estupendo, —refunfuñó—. Antes, cuando me despertaba, todas mis preocupaciones tenían que ver con catalogar. Ahora pasaré a la historia como el más buscado de Metru Nui.

Onewa estudió los muros de piedra. Su época como tallador le había permitido dominar el arte de encontrar puntos débiles en la roca. Pero esta celda no parecía tener ninguno. Las quejas de Whenua no hacían sino sumarse a su frustración.

—¿Tú? Yo soy el que está sufriendo, encerrado con un gran cerebro Ko-Matoran y oficinista de almacén Onu-Matoran.

Nuju se limitaba a mirar fijamente el suelo. Para él, que estaba acostumbrado a las vistas sin límites desde lo alto de una Torre de Sabiduría, estar confinado de esta manera era… desconcertante.

—Nunca escaparemos —dijo—. Se acabó nuestra libertad. Nuestro futuro es descorazonador.

—Toa, ¿has abandonado toda esperanza?

Las palabras provenían de una esquina oscura de la celda. Los tres Toa Metru se sobresaltaron con sorpresa; nunca hubieran imaginado que había alguien más con ellos en la celda. Entonces pudieron ver una figura solitaria en una postura de meditación, con la cabeza hacia abajo. Llevaba puesta una túnica con una capucha muy grande que ocultaba su máscara. Pero la experiencia y sabiduría que transmitía su voz les hizo saber que debía tratarse de un Turaga. ¿Pero quién? ¿Y por qué estaba allí?

—¿Turaga? Perdóname, pero no te conozco, —dijo Nuju.

—Deberías preocuparte por tu propia identidad, no por la mía —dijo el Turaga tranquilamente—.

Liberarse y escapar son dos objetivos diferentes, pero ambos son fáciles de realizar.

—Con todo el respeto, sabio —contestó Onewa—, pero tú estás aquí atrapado igual que nosotros, así que...

—Yo soy libre incluso aquí —dijo el Turaga—. Pero para escapar... son necesarios los poderes de una máscara Toa.

Los Toa intercambiaron miradas. Cualquier atisbo de esperanza que habían sentido al encontrar al misterioso Turaga se estaba desvaneciendo rápidamente.

—Dudo de que alguna vez consigamos hacernos con los poderes de nuestras máscaras —dijo Nuju.

—Nunca dudes de lo que eres capaz de hacer —respondió el Turaga—. El Gran Espíritu vive en todos nosotros.

Atrapado en una celda con dos aspirantes a Toa y un Turaga loco, pensó Onewa. *La próxima vez que alguien me dé una piedra Toa, creo que me limitaré a usarla como tope para la puerta.*

El trasporte Vahki avanzaba por los Campos de Esculturas de Po-Metru. Su destino final seguía siendo un misterio, pero a esas alturas cuanto más lejos estaban los Toa del Coliseo, más tranquilos se sentían.

En la parte trasera del transporte, Vakama había conseguido fusionar tres de los seis Grandes Discos. Utilizando sus herramientas para el fuego, había empezado a modelar los discos combinados dándoles más o menos la forma de una máscara. Nokama observó cómo trabajaba durante mucho rato antes de decir:

—Vakama, tu destino ya no está en esculpir máscaras. Tú eres un Toa.

Vakama se encogió de hombros.

—No me siento como un Toa.

—Lo harás. Ten fe.

Cuando el transporte Vahki tomó una curva muy cerrada, los tres Toa Metru saltaron del vehículo. Ya se habían adentrado lo suficiente en Po-Metru y no tenía sentido arriesgarse a ser descubiertos por el Vahki al volante. Se ocultaron en un lugar seguro y permanecieron agachados hasta que perdieron el transporte de vista. Después Nokama se levantó y miró a su alrededor.

—Un poblado de montadores —dijo—, aunque para todos era evidente dónde se encontraban. El poblado consistía en una amplia avenida y una serie de edificios. Distribuidas por todas partes había máquinas, muebles y estatuas, todos a medio terminar. Esto era normal en un sitio como éste, pero había algo más que puso a los Toa en alerta.

El poblado estaba abandonado. El viento abría y cerraba las puertas. Las herramientas descansaban allí donde habían sido arrojadas. Vakama entornó los ojos cuando vio un montón de esferas plateadas cerca de uno de los edificios.

Este lugar da mala espina, pensó Matau.

—¿Hola? —gritó.

No hubo respuesta.

Aturdido, miró a Nokama y dijo:

—Supongo que todos se han ido corriendo-han huido.

—Los constructores no abandonan sus proyectos sin una buena razón —dijo la Toa del Agua.

—Entonces, ¿dónde está todo el mundo? —preguntó Vakama.

Krekka salió de repente de uno de los edificios, lanzando rayos de energía a los Toa Metru.

—¡Preparaos para descubrirlo, Toa! —rugió.

Nokama se retorció, haciendo girar sus hidrocuchillas con la rapidez necesaria para desviar los rayos. Después los tres Toa se pusieron a cubierto detrás de uno de los edificios. Todavía no habían tocado el suelo cuando Matau se dispuso a cargar de nuevo.

—¡Un héroe Toa no conoce el miedo! —dijo mientras se apresuraba hacia la calle. El siguiente rayo de Krekka no le alcanzó y el Toa del Aire le increpó—: ¡Tendrás que hacerlo mejor!

Nidhiki aceptó el desafío. Salió desde detrás de un edificio y lanzó una telaraña de energía contra el Toa. Enredado, Matau cayó al suelo.

—¡Socorro! ¡Hay un Toa atrapado! —gritó mientras luchaba por liberarse.

Al oír sus gritos, Vakama y Nokama empezaron a rodear los edificios para acudir en su ayuda. Mientras tanto, Nidhiki y Krekka habían acorralado al Toa capturado.

—¡Llamando a todos los Toa! —gritó Krekka—. ¡Se acabó el tiempo para ti!

Un creciente sonido atronador ahogó todas las demás palabras que dijo. El suelo bajo sus pies empezó a sacudirse violentamente.

—¿Bioterremoto? —sugirió Vakama.

En el extremo del poblado apareció una nube de polvo que se aproximaba hacia los Toa y los Cazadores Oscuros. De la nube emergió una horda de bestias aterradoras. Bípedos grandes, sus potentes patas traseras les impulsaban hacia delante a grandes saltos y brincos. El par de colmillos que mostraban en su mandíbula inferior les hacía parecer como un muro de pinchos que avanzaba al unísono. Tenían los ojos rojos y de sus bocas salían unos rugidos profundos a medida que avanzaban por el poblado.

—¡Las cosas empeoran! —dijo Nokama—. ¡Kikanalo!

Los Cazadores Oscuros abrieron los ojos de par en par cuando vieron a la horda que se dirigía hacia ellos. Los Kikanalo eran conocidos por sus estampidas, pero se les toleraba porque con sus colmillos solían desenterrar los trozos de protodermis sobrantes de los proyectos de tallado. Pero en este momento lo último que todos tenían en mente era su eficacia como recicladores.

—¡Odio esas cosas! —dijo Krekka. Su enorme cuerpo se movió a una velocidad increíble mientras gateaba hasta la cima de una torre cercana—. Estoy aquí arriba.

—¡No! —gritó Nidhiki—. ¡Quédate abajo!

Pero Krekka no le escuchaba y Nidhiki no tenía más tiempo para preocuparse por él. Se lanzó sobre una zanja de una construcción mientras la horda se acercaba a toda velocidad.

Matau forcejeaba mientras los Kikanalo entraban en el poblado. La fuerza de sus pisadas le hizo volar por las aires, aterrizando de golpe cerca de Vakama y Nokama. Se precipitaron hacia él y arrastraron a su aturdido compañero hacia un pequeño edificio.

Entonces los Kikanalo llegaron hasta la torre de Krekka. De forma casual, unas cuantas bestias dañaron la torre con sus colmillos, haciendo que se desmoronara. Nidhiki levantó la vista justo a tiempo de ver cómo su compañero y la estructura caían hacia él.

—La próxima vez, escúchame —murmuró.

Nokama vio a Krekka aterrizando sobre Nidhiki en la zanja. Con la ayuda de sus hidro cuchillas, liberó una pila de las extrañas esferas plateadas y las envió rodando hacia la zanja. Después se agazapó de nuevo mientras las esferas chocaban contra los Cazadores Oscuros.

Matau y Vakama observaban cómo los Kikanalo arrollaban y reducían a pedazos las cabañas de los montadores.

—Deberíamos largarnos-volar de aquí —dijo el Toa del Aire.

—Tonterías —contestó Nokama—. Ésta es la estructura más robusta del poblado.

—Nokama… —empezó a decir Vakama.

La Toa del Agua le interrumpió.

—Nos quedamos…

De repente, tres Kikanalo entraron a través del techo del edificio. Viéndose encerradas, las bestias sintieron pánico y empezaron a brincar descontroladamente de un sitio a otro, golpeando a los Toa una y otra vez. Desesperado, Matau agarró a Nokama y a Vakama y los lanzó por la ventana y después los siguió él mismo.

Actuó justo a tiempo. Detrás de él, los enojados Kikanalo redujeron el edificio a pedazos. Cuando se vieron libres, se dirigieron a reunirse con el resto de la horda.

Nokama miró a Matau.

—Estaba equivocada. Tú tenías razón, hermano mío.

—Es increíble lo que se puede aprender cuando no se está siempre hablando-enseñando —contestó Matau.

La conversación terminó cuando otros Kikanalo empezaron a acercarse y los Toa empezaron a correr. Sólo estaban unos pasos por delante de las bestias, cuyos colmillos se aproximaban peligrosamente a los tres héroes. La bestia que lideraba el grupo era un Kikanalo mayor, que tenía la piel cubierta de extrañas marcas y viejas cicatrices. Dio un soplido de impaciencia mientras intentaba alcanzar a los Toa Metru.

—¿Qué dijiste? —preguntó Nokama a Matau.

—No he…

Matau dejó la frase a medias. La máscara de Nokama se había iluminado, pero la Toa del Agua no parecía darse cuenta de ello.

—¿Por qué brilla tu máscara? —preguntó.

Entonces Nokama hizo algo asombroso y sorprendente, algo que Matau nunca hubiese imaginado en estas circunstancias: dejó de correr. Simplemente se detuvo, con la estampida de Kikanalo prácticamente sobre ella.

—¿Nokama? —gritó Vakama.

Pero ella no le estaba prestando atención. Se volvió para encarar a las bestias como si no las temiera. Vakama y Matau se estremecieron, seguros de que la horda estaba a punto de hacer pedazos a su compañera Toa. El líder Kikanalo emitió un gruñido de ira a medida que se aproximaba a Nokama.

La Toa del Agua respondió con un sonido parecido. El líder Kikanalo, que parecía sorprendido, se detuvo cuando sus colmillos estaban a pocos centímetros de la máscara de la Toa. Las demás bestias se detuvieron también; no se amontonaron, si no que se pararon como un escuadrón de Vahki bien entrenados.

Las cicatrices del líder Kikanalo empezaron a brillar. Gruñó agresivo a la Toa que se alzaba ante él. Nokama le miró fijamente a los ojos mientras un nuevo mundo se abría para ella.

Volviéndose hacia los Toa, dijo nerviosa:

—Hermanos, ¡mi máscara de poder! El jefe quiere saber por qué estamos aliados con los Cazadores Oscuros.

Vakama no podía creer lo que estaba oyendo. ¿De verdad podía Nokama entender lo que decían esas criaturas? ¿O era que sus visiones al final le habían vuelto loco? No, esto parecía real. Sin duda notaba cómo le dolía el cuerpo a causa de haber sido lanzado a la calle a través de una ventana.

—Dile que no es así —le dijo a Nokama—. Buscamos a un amigo que los Cazadores se han llevado.

Nokama devolvió su atención al jefe de los Kikanalo y emitió una serie de gruñidos y bufidos animales. La bestia mayor respondió de forma parecida, relajando su lenguaje corporal.

—Podéis pasar —tradujo Nokama—, ya que todos estamos en contra de los Cazadores que cruzan por la fuerza la belleza de la tierra de la manada…

—¿Belleza? ¿Dónde? —preguntó Matau a Vakama—. ¿Y quién hubiera dicho que los Kikanalo podían pensar-hablar? Creía que simplemente eran bestias mudas.

El Kikanalo mayor gruñó. Nokama rió entre dientes mientras traducía:

—Los Kikanalo piensan eso mismo de los Matoran altos y verdes.

—¿Matoran altos? —dijo Matau, sorprendido—. ¡Yo soy un Toa!

—Espera, —interrumpió Vakama, con una emoción que a duras penas podía contener—. ¿Matoran altos? Pregúntale si los Cazadores Oscuros pasaron con un Matoran alto.

Nokama asintió con la cabeza y tradujo la pregunta de Vakama a la lengua de los Kikanalo. La bestia Rahi respondió con un gruñido.

—Sí —dijo Nokama—. Llevaron muchas cosas al Lugar de los Susurros Interminables.

—¡Ése debe de ser el sitio donde han llevado a Toa Lhikan! —dijo Vakama.

El Kikanalo mayor gruñó como si estuviese asintiendo.

—Nos mostrarán el camino —tradujo Nokama.

Los tres Toa recorrieron las llanuras de Po-Metru a lomos del Kikanalo. Detrás de ellos, el resto de la horda les seguía a poca distancia. Por primera vez, Vakama sintió un poco de esperanza. Si podían encontrar a Lhikan y rescatarle, seguramente podrían detener a Dume. El Toa del Fuego no tenía ni idea de cuáles eran los planes del Turaga, ni de por qué se había vuelto en contra de la ciudad, pero estaba seguro de que Lhikan podría arreglar las cosas.

Matau sonrió. Éste era el tipo de aventura con la que siempre había soñado durante esos largos días montando cangrejos Ussal a través de Le-Metru. Nuevos lugares, nuevas emociones, una búsqueda para salvar a un héroe capturado… ¡esto era lo que de verdad significaba ser un héroe Toa! Riendo, se puso de pie sobre la espalda del Kikanalo y empezó a girar.

—¡Sólo un gran jinete Toa podría domar a una bestia Kikanalo salvaje! —afirmó.

La respuesta del Rahi fue detenerse y empezar a dar saltos bruscos, lanzando al suelo al Toa del Aire. Matau aterrizó con un fuerte golpe.

—Parece ser que un gran jinete Toa ha sido domado —dijo Nokama. Vakama y ella rieron al ver a Matau por los suelos.

Ésta sería la última vez que alguno de ellos sonreía durante mucho tiempo.

6

Whenua había vivido en la penumbra, a veces en una completa oscuridad, durante la mayor parte de su vida. Como cualquier Onu-Matoran, con el tiempo sus ojos se habían acostumbrado hasta tal punto que podía ver en una oscuridad casi absoluta. Aunque una gran parte de Onu-Metru estaba en la superficie, los Onu-Matoran en realidad preferían estar en los niveles subterráneos de los Archivos, dado que los brillantes rayos de los soles gemelos dañaban sus sensibles ojos.

Aun así, nadie le había preparado para la tarea que tenía entre manos: avanzar por una pequeña celda con los ojos vendados. No paraba de chocarse contra las paredes y otros Toa, y su enojo iba en aumento hasta tal punto que estaba a punto de hervir como la protodermis en una fundición de Ta-Metru.

El misterioso Turaga no ayudaba demasiado.
—No confíes en tu memoria —dijo—. Mira más allá de tu historia y observa lo que hay.

¿Mirar más allá de la historia? Whenua había sido un archivero, ¡vivía para la historia! Decirle a un Onu-Matoran que olvidase el pasado era como decirle a un Ko-Matoran que dejase el telescopio y encendiera las luces.

—¡No soy un murciélago Rahi! —increpó Whenua—. No puedo ver en la oscuridad.

El Turaga colocó silenciosamente un taburete en el camino del Toa de la Tierra. Whenua tropezó con él y cayó al suelo.

Onewa, que había estado observando todo el ejercicio desde su asiento en el suelo de piedra, rompió a reír.

—Pronto estarás preparado para jugar a clavarle un alfiler en la cola al oso de ceniza, guardador de registros.

Al otro lado de la habitación, Nuju había pasado las últimas horas trasladando piedras de un montón a otro. Era un trabajo agotador, sobre todo porque no entendía la finalidad de esta labor. ¿Cómo le ayudaría a ser un Toa mejor el hecho de acarrear piedras?

—Podría dedicarme toda mi vida a esta tarea y aun así no aprender nada para el futuro —se lamentó el Toa del Hielo.

El Turaga movió la cabeza.

—Podrías aprender que la construcción de la torre más imponente empieza con la colocación de una sola piedra.

Onewa sonrió entre dientes.

—¿Construir una torre? Un pensador nunca pondría las manos sobre una piedra. Está demasiado ocupado pensando en las estrellas.

El Turaga se volvió hacia Onewa sonriendo.

—El deber de un Toa es para con todos los Matoran, independientemente de cuál sea su metru. Así que ayudarás a tus dos hermanos.

La sonrisa desapareció de la cara de Onewa y fue reemplazada por un gesto sombrío. El Turaga tendió las manos al Toa de la Piedra: en una mano sostenía una piedra, en la otra una venda para los ojos.

Amanecía en Po-Metru. Mientras los soles gemelos empezaban a bañar los cañones con sus rayos, Matau, Nokama y Vakama escrutaban el territorio desde una cumbre. Para los Toa, acostumbrados a las multitudes y a los altos edificios de sus metru, este lugar era perturbador. Yermo y completamente deshabitado, su característica más sobresaliente era la forma en que el eco rebotaba en el cañón. Parecía como si mil voces estuviesen hablando a la vez en un tono demasiado bajo para poderlo oír.

El anciano Kikanalo gruñó. Nokama tradujo:

—El Lugar de los Susurros Interminables.

Debajo de ellos, veinte Vahki Zadakh de Po-Metru guardaban una entrada a Onu-Metru. Fuertes y agresivos, no se amedrentarían ante una lucha con mil Toa, así que menos todavía con tres. Y lo que era peor: si un rayo de sus herramientas tocaba a su víctima, ésta se volvía tan sugestionable que aceptaría las órdenes de cualquiera. Cualquiera tocado por un Zadakh se convertiría en su amigo al instante.

—Demasiados para salir corriendo —dijo Nokama.

—Tengo un plan. Quizá podríamos… —empezó a decir Vakama.

A Onewa le costaba bastante más moverse con los ojos vendados que a Whenua. Los talladores de Po-Metru dependían de su vista y estaban acostumbrados a trabajar a la luz de los soles. La oscuridad era un mundo nuevo para él, y no le gustaba particularmente.

Tomó la dirección equivocada y chocó de frente con Whenua. El Toa de la Tierra se quitó la venda de los ojos y se volvió hacia el Turaga.

—¡Esto es una pérdida total de tiempo! —gritó Whenua.

—Si no os descubrís a vosotros mismos, nunca encontraréis vuestro destino —contestó el Turaga tranquilamente—. Es el deber de todos los Toa para con el Gran Espíritu.

—Todo esto era una carga demasiado pesada, si quieres saber mi opinión —murmuró Whenua.

Onewa se quitó también la venda. Curiosamente, no parecía enfadado ni disgustado por haber tenido que participar en este ejercicio.

—Siéntate, Whenua —dijo.

El Toa de la Tierra se volvió rápidamente para mirarle.

—Recibir órdenes de un Turaga es una cosa, ¿pero de un columpiador de martillos gigante?

Durante un instante, los dos Toa mantuvieron los ojos clavados en el otro. Después la máscara de Onewa empezó a brillar. Los ojos de Whenua también brillaban al reflejar el aspecto de la Máscara de Poder. Whenua intentó dar un paso adelante pero descubrió que no podía mover los pies. Un segundo después, se sentó de golpe en el suelo, como una marioneta a la que le hubiesen cortado los hilos.

—Eso es —explotó—. Eres historia, constructor, ¡aunque no sepa cómo lo has hecho!

Whenua luchó por levantarse, con los brazos extendidos para aferrarse a Onewa. Nuju frunció el entrecejo ante el espectáculo de ver a los Toa luchando entre sí y gritó:

—¡Deteneos! ¡Ahora mismo!

La máscara del Toa del Hielo también brillaba. De repente, empezaron a caer piedras de una de las paredes de la celda. Las piedras se desplazaban rápidamente por la habitación hasta formar un muro entre Onewa y Whenua. Además, dejaron un hueco de tamaño considerable en la pared, perfecto como ruta de escape.

Los tres Toa se quedaron inmóviles, sorprendidos por el rumbo que habían tomado los acontecimientos. Entonces Nuju y Onewa dijeron a la vez:

—Tu máscara brilla… ¡tu máscara de poder!

El Turaga simplemente señaló el agujero que se había hecho en la pared.

—Creo que ha llegado la hora de marcharse —dijo.

Era muy difícil, casi imposible, que los Vahki se sorprendieran por algo. Después de años siguiendo la pista y sometiendo a Rahi de todo tipo, los escuadrones del orden eran expertos en manejar prácticamente cualquier situación. A ello había que añadir que frustraban los ingeniosos intentos de algunos Matoran de tomarse unas vacaciones no previstas en el trabajo (un Ta-Matoran, Takua, había sido el centro de atención de prácticamente todo un escuadrón de Nuurakh); podía decirse con toda seguridad que los Vahki lo veían todo.

Sus receptores visuales se ampliaron cuando vieron a Nokama aparecer por las colinas a lomos de un Kikanalo. Los Vahki estaban entrenados para rastrear, apresar e imponer la paz. Pero no estaban acostumbrados a que sus objetivos se dirigiesen hacia ellos.

Aún así, no perdieron tiempo en responder a la aparente locura de la Toa Metru. Un escuadrón de Zadakh, con sus herramientas para atontar preparadas, se apresuró a perseguirla. Al mismo tiempo, un segundo escuadrón divisó a Matau sobre su bestia e inmediatamente iniciaron la persecución. A pesar de la velocidad de los Zadakh, el conocimiento del terreno del Kikanalo y su mayor agilidad le permitieron distanciarse de sus perseguidores.

Entonces los Vahki se encontraron con otra sorpresa más. En lugar de continuar corriendo, Matau y su montura de repente pegaron un salto, invirtieron la marcha y empezaron a cargar.

—¡Aha! ¡Los Toa nunca huyen! —gritó el Toa del Aire.

Los Vahki respondieron lanzando rayos con sus herramientas de aturdimiento, pero el Kikanalo, con movimientos rápidos, esquivó los rayos de energía. Tampoco mostró intención alguna de detenerse cuando embistió contra el escuadrón de Vahki, golpeando duramente con sus fuertes patas a los agentes de la ley, lanzándolos por los aires.

Matau mostró una amplia sonrisa cuando vio a los Vahki caer bajo su carga. Se puso de pie sobre el lomo del Kikanalo y dijo:

—Eh, Kikanalo, ¿quién es tu am…

El Rahi levantó la vista hacia él y emitió un gruñido de aviso. Matau decidió que quizá "amo" no era la palabra más adecuada que debía utilizar con una bestia que podía dispersar a los Vahki como si fuesen polvo de protodermis en una tormenta de arena.

—Quiero decir, ¿quién es tu compañero? —dijo, sentándose de nuevo rápidamente.

Vakama había dejado su Kikanalo atrás e inspeccionaba la zona a pie. Esperaba que Nokama y Matau hubiesen alejado a todos los Vahki de la entrada, pero cuando dobló una esquina se encontró con tres agentes esperándole. Sus herramientas de aturdimiento resplandecían. Vakama cargó y lanzó un disco detrás de otro, interceptando los rayos a medida que se aproximaban. Aún así, sabía que se quedaría sin discos Kanoka mucho antes de que los Vahki se quedaran sin energía.

Desde arriba llegaron en su ayuda. El anciano Kikanalo saltó y aterrizó entre el Toa del Fuego y los Vahki. Iluminando a los agentes, emitió un largo y fuerte grito. De entre las rocas aparecieron otros Kikanalo que se sumaron al extraño sonido. A medida que los Rahi añadían sus voces al coro, el sonido se hacía cada vez más fuerte. Por un instante, Vakama estuvo convencido de que debía estar volviéndose loco; de hecho, parecía como si el grito se estuviese introduciendo en la tierra y desestabilizara la roca.

No, no estoy loco, pensó. Estaba ocurriendo realmente. El grito había creado una onda en la superficie rocosa de Po-Metru que se desplazaba rápidamente hacia los Vahki. Los golpeó como un rayo, enviándolos tan lejos que se perdieron de vista.

En lo alto de una cima, Nokama se enfrentaba a sus propios problemas. Ella y su Kikanalo habían vuelto sobre sus pasos hasta el borde de un acantilado. El escuadrón de Vahki los instigaba duramente. Las hidro cuchillas de la Toa del Agua brillaban a la luz del sol mientras desviaba los rayos de energía de sus enemigos. Si esto contrariaba a los agentes, no lo demostraban, ya que seguían avanzando.

Nokama no necesitaba mirar hacia atrás. Sabía que si el Kikanalo daba un solo paso más, ambos caerían sin remedio. Esperaba que el Gran Espíritu les hubiese enviado más suerte a Vakama y a Matau.

La Toa del Agua se sujetó con fuerza. Los Vahki cargaron.

Una décima de segundo después, el escuadrón de Vahki se precipitaba sobre el borde del precipicio. Habían avanzado a toda velocidad para capturar a la Toa, pero cuando llegaron hasta ella, el Kikanalo dio un gran salto por los aires y de esta forma evitó que les dieran alcance. Incapaces de detenerse a tiempo, los Vahki fueron derechos hacia el precipicio. El Kikanalo tocó tierra de nuevo con un fuerte golpe.

Los Vahki no caerán en esa trampa dos veces. Nunca lo hacen. Y tampoco se rendirán, pensó Nokama mientras se alejaban del borde. *Espero que los Kikanalo sean conscientes del enemigo que acaban de ganarse.*

Krekka y Nidhiki llegaron a tiempo de ver la estrategia de Matau para deshacerse de un escuadrón de Vahki. Krekka todavía estaba enfadado con el Kikanalo por el incidente ocurrido en el poblado de los montadores y quería derrotar al Rahi. Nidhiki tuvo que explicarle más de una vez que su trabajo era capturar a los Toa, no a las bestias mudas.

El Cazador Oscuro parecido a un insecto señaló hacia abajo al lugar donde estaba Matau solo sobre una llanura rocosa.

—Rodeémosle —ordenó. Krekka asintió con la cabeza y empezó a moverse mientras Nidhiki se dirigía hacia la izquierda.

Con alguna dificultad, Krekka se abrió paso hacia el fondo del cañón. No entendía por qué era necesario apresar al pequeño Toa verde con tantas artimañas: lo mejor era cargar directamente y abatirle. *Sííí,* se dijo a sí mismo. *Eso es lo que debemos hacer. Lo llevaré a rastras hasta Nidhiki sujetándole por su máscara.*

Matau se había ocultado tras unas rocas. Krekka sonrió y cargó, imaginándose cómo el Toa imploraría compasión. Pero cuando llegó hasta las rocas, no era Matau el que le esperaba allí, sino su propio compañero.

—¿Nidhiki? —preguntó Krekka confundido—. ¿Dónde se ha metido el Toa?

—Debe de haberse deslizado junto a ti —le increpó el otro Cazador Oscuro—. Vuelve hacia atrás por el otro lado.

Krekka se giró y se marchó. No alcanzaba a imaginarse cómo había podido Matau ocultarse tras esas rocas para después desaparecer. Pero se hubiese quedado más aturdido aún si hubiese mirado por encima de su hombro y hubiese visto a un segundo Nidhiki acercándose a lo lejos.

Cuando ese Nidhiki llegó hasta las rocas, se encontró con lo que parecía un Krekka dando vueltas sin hacer nada.

—¿Dónde está el Toa? —exigió Nidhiki.

Krekka se encogió de hombros.

—¿Has dejado que pase junto a ti?

—Quizá pasó junto a *ti* —gruñó Krekka.

Nidhiki se dio la vuelta, murmurando algo acerca de los Cazadores Oscuros que no tenían las suficientes luces para salir de un desfiladero de rocas. Cuando se marchó, el "Krekka" con el que había estado hablando se transformó en Matau, cuya máscara brillaba con el poder Toa.

—¡Metamorfosis! —dijo el Toa del Aire—. ¡Merece la pena esperar por algunos poderes de las máscaras!

Matau montó sobre su Kikanalo y se alejó del cañón.

Krekka y Nidhiki se miraron el uno al otro a través del cañón. Los dos gritaron a la vez:

—¿Dónde está el Toa?

—¿Cómo quieres que lo sepa?

—¡Me dijiste que fuese por el otro lado!

—¡Te dije que fueses por ese lado!

El cañón convirtió sus voces en los «susurros interminables» por los que era famoso, y el eco de su discusión llegó hasta muy lejos.

El sonido llegó hasta los receptores de audio de los últimos Zadakh que quedaban, pero estaban demasiado ocupados para prestarle atención. Los Kikanalo rodearon al escuadrón gruñendo, avanzando inexorablemente y levantando una gran nube de polvo con sus pisadas. Durante mucho rato, no podía verse nada a través del polvo y el aire estaba repleto de gruñidos de Kikanalo. Cuando la nube se disipó finalmente, los Vahki yacían amontonados en una pila.

Nokama y Vakama pasaron junto a ellos. Vakama todavía seguía arreglando la Máscara de Poder que había creado a partir de los Grandes Discos. Matau se les unió un momento después.

El anciano Kikanalo le gruñó a Nokama. La Toa del Agua desmontó y se dirigió hacia sus compañeros Toa.

—El jefe dice que no está mal… para unos pies planos. Cubrirán nuestro rastro. Después expresó su agradecimiento al anciano en el lenguaje de los Kikanalo.

—Toa Lhikan estará siempre en deuda contigo —dijo Vakama a la anciana bestia.

Matau también había desmontado y se dirigió a decirle adiós a su Kikanalo. El Rahi actuó primero, dándole al Toa un gran lametón en la máscara.

—¡Aggg! —gritó Matau, echándose hacia atrás.

Con los Vahki derrotados y alejados, ya era seguro entrar en la cueva. Vakama apartó su proyecto a un lado y se unió a los otros dos mientras se adentraban en la oscuridad de la cueva. Detrás de ellos, la horda de Kikanalo utilizaba sus fuertes patas para provocar un desprendimiento de rocas que bloqueó la entrada a la cueva. Satisfechos de haber cubierto todo rastro de los Toa, se marcharon.

A ninguna de las bestias se le ocurrió levantar la vista hacia el cielo. Si lo hubieran hecho, habrían visto la silueta de un solitario halcón Rahi que daba vueltas sobre el cañón. Unos instantes después, Nivawk giró y se dirigió volando hacia el centro de la ciudad, llevando una valiosa información para Turaga Dume.

7

Onewa, Whenua, Nuju y su amigo Turaga miraron con precaución a través de la abertura del muro de su celda. Esperaban ver las llanuras baldías de Po-Metru, pero se encontraron con que estaban muy lejos del aire libre. La celda estaba en el interior de una inmensa cueva subterránea, que a su vez se encontraba en una isla solitaria en medio de un mar de arena. Y lo que era más extraño aún: la caverna estaba vacía, no había patrullas, ni Rahi babeantes preparados para cazar a los que se fugaban, nadie.

—¿Por qué no hay guardianes Vahki? —preguntó Onewa. El silencio le ponía nervioso. En cierta medida, el Toa de la Piedra sentía que ahora corrían mayor peligro que cuando estaban encerrados.

El Turaga no le hizo sentirse mejor.

—Quizá no sean necesarios —dijo el sabio, con un ligero tono de advertencia en su voz.

Aún así, una fuga no es una fuga si no se sale de la celda. Los cuatro aliados se deslizaron a través del agujero y comenzaron a caminar pesadamente por las dunas de arena. A los Toa Metru les costaba caminar, ya que su peso adicional hacía que las piernas se les hundiesen en la arena.

Llevaban poco tiempo viajando cuando vieron delante de ellos que la arena se empezaba a mover. Lo que empezó como un leve movimiento de la arena se convirtió rápidamente en una enorme duna que avanzaba derecha hacia ellos acompañada de un monstruoso sonido.

—¡Ya sé por qué! —dijo Nuju, mientras todos empezaban a correr. Pero no había dónde esconderse ni podían correr lo suficientemente rápido como para esquivar a lo que les estaba persiguiendo.

Detrás de los Toa, una forma enorme emergió de la arena. La gigantesca bestia cornuda con forma de gusano era conocida como un pescador, y era una de las criaturas más temibles de Po-Metru. Vivía bajo las arenas, y sólo salía de vez en cuando para alimentarse. Ningún Po-Matoran había estado nunca cerca de un pescador el tiempo suficiente como para averiguar qué comía. Pero su boca era lo suficientemente grande como para tragarse todo un bloque de Po-Metru.

Onewa sintió en su espalda el caliente y apestoso aliento del pescador. Se giró justo a tiempo de ver sus mandíbulas a punto de cerrarse sobre él. De forma inesperada, su Máscara comenzó a brillar de nuevo.

Sobre el Coliseo, Nivawk sobrevoló una, dos, tres veces antes de aterrizar. El halcón Rahi se posó sobre su percha en la cámara del reloj de sol.

—¿Qué noticias traes, Nivawk? —preguntó Turaga Dume.

El gran pájaro chilló y graznó en una lengua que Dume conocía desde hacía muchos años. Le informó de que Vakama, Matau y Nokama habían derrotado a los guardianes Vahki y que ahora se abrían paso en la cueva de la prisión.

Turaga Dume se dirigió hacia la esquina más oscura de la habitación. Un par de ojos rojos le observaban desde las sombras.

—Esta máscara ha sido útil —dijo Dume—. Ahora para su tarea final.

Dume dio un paso más hacia la oscuridad. Nada le impidió el paso ya que no había nadie más en la cámara. Sólo había un espejo entre las sombras en el que se reflejaba el auténtico rostro de Dume. Terminó de subir y se quitó su Máscara Kanohi de Poder, dejando otra al descubierto: una ennegrecida y distorsionada Máscara de las Sombras.

El aspecto del Turaga de Metru Nui había desaparecido, era simplemente otra máscara que se podía quitar. En su lugar ahora había una entidad de oscuridad y destrucción, el último poder de la ciudad de las leyendas.

—Nadie debe alterar nuestro destino —rugió la oscura figura.

La cara de Turaga Dume apareció en las pantallas móviles de toda la ciudad. Los Matoran hicieron una pausa en su trabajo para prestar atención a lo que el anciano tenía que decir.

—Matoran de Metru Nui —comenzó el Turaga—. Se os solicita que os reunáis en el Coliseo.

El pescador se dirigió lentamente hacia la rocosa «costa» del mar de arena. No se desviaba ni a izquierda ni a derecha, ni siquiera cuando algunos pequeños Rahi se cruzaban en su camino. Con un gran esfuerzo, la bestia se varó en la playa y después abrió la boca como si estuviese bostezando.

Los tres Toa y el Turaga salieron de entre las fauces del monstruo, casi sin aliento. Whenua se volvió hacia Onewa diciendo:

—Buen trabajo, hermano. Pero la próxima vez, procura controlar algo con mejor aliento.

Del foso de arena salía un túnel hacia un destino que ninguno podía imaginar. Pero si querían escapar antes de que las patrullas de Vahki llegaran a investigar, no tenían otra opción. Tendrían que probar suerte en la oscuridad.

Al menos no tenemos que adentrarnos ahí sin nuestras herramientas, pensó Onewa. Todo su equipamiento estaba amontonado cuidadosamente en la entrada del túnel, incluido un objeto compacto que el Turaga asió para él. Onewa se sintió reconfortado por tener de nuevo entre sus manos sus proto clavijas. Juró que nunca más nadie le quitaría estos símbolos de su poder Toa.

Nuju miró hacia atrás en la entrada del túnel.

—Todo lo que hay es oscuridad.

—Tiene que ser mejor que lo que hay detrás de nosotros —dijo Whenua.

El Toa de la Tierra entró en el oscuro túnel. Después se detuvo sorprendido, ¡de repente el túnel se iluminó como si fuese de día! ¿Cómo era posible? No veía antorchas por ningún sitio, y estaba absolutamente seguro de que los otros Toa no tenían ninguna.

Se volvió para comprobar qué pasaba. Los demás Toa se sobresaltaron con el resplandor. En ese momento Whenua se dio cuenta de que ellos estaban iluminados también. ¡Era su máscara! ¡Su máscara estaba brillando y le alumbraba el camino!

—Tu máscara de poder —dijo Onewa.

—Vamos —contestó Whenua sonriendo—. Nuestro futuro acaba de iluminarse.

Juntos, los tres Toa y el Turaga entraron en el túnel. La oscuridad desaparecía delante de ellos, algo que esperaban fuera un augurio de los días futuros.

Llevaban cierto tiempo caminando por un extraño túnel con puertas a ambos lados. Un débil sonido llegaba desde detrás de una curva cerrada, algo parecido a metal chocando contra piedra. Whenua se volvió hacia sus compañeros y les indicó que se detuvieran mientras él investigaba.

El Toa de la Tierra dobló la esquina y se dio de bruces con un Vahki que venía de frente. La luz brillante de la máscara de Whenua cegó al guardián, lo que le permitió un resquicio al Toa, y los dos iniciaron una lucha cuerpo a cuerpo. Whenua esperaba poder vencer a un Vahki con su poder Toa, pero éste parecía inusualmente fuerte.

Entonces el Vahki hizo algo totalmente inesperado y sin precedentes: habló.

—¡Eh! ¡Apaga esa luz tan brillante!

Conmocionado, Whenua soltó a su contrincante. Los Vahki no podían hablar... y esa voz le resultaba familiar.

—¿Matau?

El agente Vahki sonrió (otra cosa más que ningún Vahki había hecho antes) y se transformó en el Toa del Aire.

—*Toa* Matau para ti, hermano mío —dijo.

Una vez reunidos, los Toa intercambiaron saludos y se contaron brevemente las respectivas aventuras que les habían llevado hasta los túneles. Sólo Vakama se quedó a un lado, reticente a unirse a la celebración.

—¿Metaformosis? —preguntó Whenua a Matau.

—Sí, —dijo el Toa del Aire—. Y deberías oír a Nokama traduciendo a los Kikanalo.

—Así que todos hemos descubierto los poderes de nuestras máscaras. Nadie se percató de que Vakama negó con la cabeza ante la afirmación de Whenua.

Nuju se volvió hacia Nokama.

—¿Cómo supisteis que estaríamos aquí?

—No lo sabíamos. Vinimos a buscar a Toa Lhikan.

Onewa negó con la cabeza.

—Toa Lhikan no está aquí.

El Turaga dio un paso al frente, diciendo:

—No exactamente.

Todos los ojos se dirigieron hacia su pequeña figura mientras se quitaba la capa. Por primera vez, los otros vieron que llevaba la misma máscara que Lhikan. En ese momento, supieron que, a pesar de su reducida estatura y poder, era…

—¿Toa Lhikan? —dijo Vakama sorprendido.

El Turaga sonrió.

—No, vosotros sois Toa. Yo soy Turaga Lhikan.

—¿Por qué no nos dijiste quién eras? —preguntó Whenua.

—Vuestra misión era descubrir quiénes sois *vosotros* —contestó Turaga Lhikan—. Sólo con ese conocimiento vuestros poderes os serán revelados.

—¡Esperad! —dijo Matau—. ¿Y qué ha pasado con...?

—¿Mis poderes? —terminó Lhikan—. Siguen existiendo, en todos vosotros.

Vakama se alejó, pero Lhikan se dirigió directamente al Toa del Fuego.

—Dime, el corazón de Metru Nui, ¿lo tienes en lugar seguro?

—Bueno... te intentábamos rescatar a ti —respondió Vakama, mostrándose un poco confuso por la pregunta.

Lhikan suspiró. —Vas mal encaminado, Toa Vakama. Yo no soy el corazón de Metru Nui. Son los Matoran. Debemos salvarles antes de que sea demasiado tarde.

Nokama se volvió hacia el Toa del Fuego.

—¿Vakama?

—Te he fallado de nuevo —dijo Vakama a Lhikan. Viendo la preocupación en la cara de Nokama, estalló: —¡Ya os dije que soy un loco de remate, que persigue sus sueños y todos pierden el tiempo conmigo! ¡No soy un Toa! Ni siquiera soy un buen fabricante de máscaras.

La discusión terminó abruptamente debido al sonido de unas pisadas que avanzaban por el túnel.

No era necesario poseer la sabiduría de un Turaga para saber a quién pertenecían.

—¡Vahki! —dijo Matau—. ¡Corred ahora y hablad después!

El grupo se apresuró a marcharse por un pasillo lateral, con Vakama en la retaguardia. Pasaron junto a una serie de grandes puertas, parecidas a las que normalmente había en los Archivos. Ninguno podía imaginar cuál era su propósito en Po-Metru.

Nokama esperó a que Vakama alcanzase al grupo. Lhikan negó con la cabeza y le hizo un gesto para que siguiese adelante con los demás.

—No podemos ayudar a Vakama —dijo—. Debe ver la dignidad en su propio reflejo. Sólo entonces le será revelado su destino.

Detrás de ellos, Vakama se detuvo brevemente. Él había visto algo que los ojos de los otros Toa habían obviado, algo perturbadoramente familiar. Se trataba de una esfera plateada, igual que las que había visto en el transporte Vahki.

Vakama limpió un poco el polvo y abrió la esfera. La parte de arriba se levantó con un siseo hidráulico y reveló…

—¿Turaga Dume? —dijo Vakama, estremeciéndose en lo más profundo de su ser. Pero no había escapatoria… ahí estaba el Turaga, sin su máscara, durmiendo en el interior de la esfera. En su interior, Vakama sabía que no se trataba de un sueño normal y que Dume no se despertaría aunque le intentase despabilar.

Lhikan miró por encima de su hombro a Vakama.

—El auténtico Turaga Dume. Como me temía, un impostor se nos presenta con una máscara en la que todos confiamos.

El mundo giraba alrededor de Vakama. Sabía que el Turaga se había estado comportando de forma extraña, pero nunca sospechó que… Otra visión asaltó sus sentidos. Cientos de esferas plateadas… unos siniestros ojos rojos… susurros que hablaban del mal que quedaba por llegar.

Los otros Toa habían regresado al oír la noticia.

—Si éste es Turaga Dume… —dijo Onewa.

—No queráis saber quién controla Metru Nui, —respondió Vakama.

Desde otro pasillo llegó el sonido de los Vahki que avanzaban. Los Toa Metru estaban a punto de quedar atrapados entre dos escuadrones de guardianes. Whenua miró a su alrededor desesperado, y finalmente descubrió su única vía de escape.

—¡Por aquí! —gritó, empujando una de las inmensas puertas para abrirla. Los Toa y Turaga Lhikan se apresuraron a través de ella un segundo antes de que los Vahki llegaran a donde estaban. Whenua cerró la puerta de golpe tras ellos. Contrariados, los Vahki empezaron a golpearla. La puerta enseguida empezó a ceder ante su fuerza.

Los Toa inspeccionaron los alrededores. Se encontraban en una instalación de almacenamiento de Po-Metru repleta de herramientas, tallados a medio acabar y un potencial billete a la libertad. Matau fue el primero en verlo.

—¡Un transporte Vahki! —gritó.

Aunque tenía el mismo diseño que el que él mismo, Nokama y Vakama habían utilizado en una ocasión anterior, este transporte era más grande. Parecía que sus patas parecidas a las de un insecto no se hubieran movido durante mucho tiempo, y sin duda la capa de polvo que lo cubría demostraba que llevaba mucho tiempo sin usarse. Pero Matau conocía bien este tipo de vehículos. Como ocurría con los Vahki que transportaban, nunca se deterioraban por el uso.

Se acercó al transporte, pero se quedó inmóvil cuando escuchó un sonido siseante. Procedía de la esquina más oscura de la habitación. Los Toa Metru no estaban solos, y tenían la peor compañía posible.

—¡Lohrak! —gritó Turaga Lhikan, mientras las horrendas serpientes aladas aparecían volando desde las sombras. Sus potentes y enormes bocas estaban repletas de filas de dientes afilados como agujas que brillaban a la luz.

Las Lohrak eran bien conocidas, y temidas, en todo Metru Nui. Descubiertas por los mineros de Onu-Metru hacía algunos años, estas criaturas se habían extendido por toda la ciudad. Eran tan territoriales y agresivas como resbaladizas y asque- rosas. Habitantes de las sombras, se habían con- vertido en un auténtico problema para los archiveros y los empleados de mantenimiento. En cada una de las metru había Matoran que podían narrar un episodio aterrador de un encuentro con una Lohrak.

A los trabajadores que abandonaban su trabajo para irse a explorar se les avisaba de que las Lohrak podían acechar en cualquier sitio. Durante un tiem- po, las criaturas fueron incluso consideradas como especie protegida por Turaga Dume, con la espe- ranza de detener los proyectos de excavación que pudieran desenterrar más monstruos de este tipo.

Pero en este momento eran los Toa los que necesitaban protección. La primera Lohrak se abalanzó sobre Whenua, que se apartó de su trayectoria. Otras se habían enroscado alrededor de Turaga Lhikan y de las hidro cuchillas de Toa Nokama. Nuju forcejeaba con sus ganchos de cristal para deshacerse de otras dos bestias que se le habían enganchado a las piernas.

Era un caos. Las Lohrak se abalanzaban contra el suelo y se enterraban a medida que los Toa intentaban desesperadamente librarse de ellas y reagruparse. Mientras tanto, los Vahki seguían intentando derribar la puerta. Vakama, Matau y Nuju consiguieron finalmente unirse para formar una única defensa, pero entonces los tres quedaron cegados por el resplandor de la máscara de Whenua.

—¡Onewa, controla con tu mente estas cosas! —gritó el Toa de la Tierra.

Onewa se concentró y su máscara empezó a brillar. Pero el poder de la Kanohi no detuvo el ataque de las Lohrak.

—¡Hay demasiadas! —dijo.

—Entonces haz otra cosa —dijo Whenua—. Resulta que somos Toa.

—Alguien debe tomar el mando —dijo Lhikan. Estas palabras disiparon las dudas que Vakama llevaba en su interior. Lhikan tenía razón. Si uno de ellos no se hacía con el mando, su lucha terminaría en esta polvorienta sala de almacenamiento. No habría nadie que advirtiera a los Matoran, que detuviera a Dume ni que llevara a Nidhiki y a Krekka ante la justicia.

Estaba equivocado en todo, se dijo a sí mismo. *Un Toa no es alguien que no teme a nada, sino alguien que domina sus temores. Los Toa pueden dudar, preocuparse y cuestionarse, como cualquier Matoran. Pero al final, un Toa debe actuar.*

—¡Habéis descubierto los poderes de vuestras máscaras! —les gritó a los otros Toa—. ¡Ahora recordad vuestros poderes elementales!

Era un riesgo desesperado y lo sabía. Los Toa habían empleado la mayor parte de sus poderes elementales en la búsqueda de los Grandes Discos. Ninguno sabía con seguridad cuánto tardarían los poderes en recargarse. ¿Qué ocurriría si todavía no los tenían?

Sólo hay una forma de saberlo-averiguarlo, pensó Matau. Al grito de «¡Viento!», levantó sus deslizadores aéreos, desencadenando una ráfaga de aire tan fuerte que las Lohrak que había sobre él, sobre Nokama, Lhikan, Vakama y Whenua salieron volando.

Nokama siguió a su jefe. Utilizando sus hidro cuchillas, lanzó un chorro de agua a Nuju y Onewa, dispersando a las Lohrak que los acosaban.

—¡Agua! —gritó triunfalmente.

—Tenemos que atraparlas —dijo Vakama.

Whenua y Onewa se pusieron manos a la obra. Mediante sus taladros para provocar terremotos, Whenua canalizó su poder elemental sobre la pared. Las fuerzas sísmicas rompieron la roca, creando un agujero lo suficientemente grande para encerrar a casi todas las Lohrak. Onewa utilizó sus proto clavijas para agrandar la abertura y alisar la piedra.

Los poderes elementales de Vakama todavía no habían retomado su fuerza, pero su herramienta para hacer máscaras podía producir suficiente calor y llamaradas para conducir a las criaturas hasta el agujero. Una vez que estaban dentro, Nuju lo selló con una capa de hielo transparente. Tras el hielo, las Lohrak atrapadas hacían crujir sus mandíbulas violentamente.

—Ya hemos conseguido nuestra unidad, —dijo Vakama—. Ahora cumplamos con nuestro deber.

Detrás de él, la puerta empezó a resquebrajarse bajo los incansables golpes de los Vahki. Entrarían en cuestión de segundos y no habría posibilidad alguna de escapar. Lo más probable es que los Toa Metru acabasen como dóciles siervos del orden, trabajando felizmente bajo la atenta mirada del Turaga Dume impostor.

Los Toa subieron al transporte Vahki. Como Matau esperaba, no fue difícil ponerlo en marcha. Pero había otro problema…

—Nuestra única salida está bloqueada —dijo Whenua. Estaba en lo cierto: los Toa tenían unos Vahki enfadados detrás y un sólido muro frente a ellos.

—Entonces haremos una nueva —contestó Vakama, cuya voz mostraba una confianza renovada—. Vamos, el destino nos espera.

—¿Qué pasa con Turaga Dume? —preguntó Onewa.

—Estará a salvo hasta que regresemos, —dijo Vakama—. ¡Y ahora vámonos!

El transporte Vahki comenzó a avanzar. Whenua iba de pie sobre el capó, con sus herramientas para provocar terremotos girando sin parar y en alto. El vehículo aceleró rápidamente mientras el Toa observaba cómo el sólido muro de piedra cada vez estaba más cerca. Whenua se inclinó un poco hacia delante, preparado para el momento en que sus taladros golpearan la piedra.

¡Impacto! Las herramientas del Toa de la Tierra rompieron la roca fácilmente, excavando un túnel de salida para el transporte. Justo cuando salieron de la sala, la puerta cedió y los Vahki entraron. Miraron a su alrededor, enojados. ¿Dónde estaban sus presas? Sus órdenes eran muy específicas: apresar y calmar. Pero estos Toa habían demostrado ser difíciles de capturar.

En los controles, Matau dirigía el vehículo hacia arriba mientras Whenua seguía cavando. Con una ligera inclinación ascendente, pronto llegaron a la superficie y alcanzaron la libertad.

Matau se volvió hacia Nokama, sonriendo.

—Nos veo dando un romántico paseo.

—¿Y tú crees que Vakama tiene visiones extrañas? —se la devolvió Nokama.

8

El transporte Vahki emergió del suelo. Matau estaba preocupado por la posibilidad de herir a algún Matoran cuando el vehículo saliese a la superficie. En ese momento se dio cuenta de que no había necesidad de preocuparse, puesto que no había ningún Matoran a la vista.

Por ninguna parte.

Por primera vez, el Toa del Aire se preguntó si llegaban demasiado tarde. Pasarían a la historia de las leyendas como los héroes que tardaron demasiado en llegar al rescate. Pero de nuevo, si no llegaban a tiempo, no quedaría nadie que escribiese las leyendas. Apretó el acelerador y condujo el transporte a toda velocidad hacia el centro de la ciudad.

En la parte delantera, Whenua se derrumbó exhausto. Nunca antes en toda su vida se había sentido tan completa y absolutamente cansado, pero se sentía contento. Significaba que había hecho su trabajo y había respondido cuando los Toa más le necesitaban. Quizá, después de todo *podía* hacer este trabajo.

Onewa se inclinó hacia delante.

—Eh, cabeza brillante.

Whenua se volvió para mirarle, esperando otro insulto por parte de Onewa. Pero por el contrario, el Toa de la Piedra le tendió la mano y le dijo:

—Bien hecho, hermano mío.

Los dos Toa sonrieron y chocaron los puños.

Más atrás, Vakama estaba absorto de nuevo en la fabricación de máscaras. No podía explicar por qué, pero tenía el fuerte presentimiento de que la máscara que estaba haciendo sería vital para salvar la ciudad.

Si es que puede salvarse, pensó. Sea quien sea el impostor que pretende ser Dume tiene a Nidhiki, a Krekka y a los Vahki de su parte. Además los Matoran creen que es el anciano de la ciudad y seguirán sus órdenes. Sólo espero que no sean las últimas órdenes que cumplan.

Los Matoran se dirigían al Coliseo procedentes de todas partes de la ciudad, bajo la atenta mirada de los sensores ópticos de los Vahki. La mayoría parecían confusos, algunos parecían preocupados y unos pocos simplemente estaban contentos de disfrutar de un descanso de su trabajo. Todos acudían en respuesta a la llamada de Turaga Dume. No tenían idea de qué había disparado las alarmas de la ciudad, pero estaban seguros de que no se trataba de algo que Dume no pudiera solucionar. Al fin y al cabo, él era el Turaga, ¿no?

El falso Turaga Dume observaba cómo los confiados Matoran se organizaban en filas. Eran tan inocentes. Nunca podrían manejar los cambios que se avecinaban. Era mejor que estuviesen apartados de todo, hasta el momento en que él decidiera que podían retomar sus vidas de nuevo.

Se volvió para ver el gigantesco reloj de sol. Las sombras de los soles gemelos habían empezado a superponerse parcialmente. Sonriente, observó una Máscara de Poder Kanohi que había colgada en la pared, el símbolo del Gran Espíritu Mata Nui.

—Ah, la luz del crepúsculo —susurró—. El amanecer de las sombras.

El transporte Vahki avanzaba por las calles de Metru Nui. Ninguno de los Toa Metru decía palabra alguna durante el viaje. Todos observaban el espectáculo de una ciudad completamente vacía. Las calles, lugares de trabajo y conductos estaban desiertos, casi como si nunca hubiese vivido nadie allí. Era algo impresionante y bastante aterrador.

Por toda la ciudad colgaba como una sombra la imagen de Turaga Dume en las pantallas. Él repetía las mismas palabras una y otra vez:

—Se requiere a los Matoran de Metru Nui que se reúnan en el Gran Coliseo para recibir una importante noticia.

Vakama se giró hacia Turaga Lhikan.

—Turaga, dijiste que yo debía 'detener la oscuridad'. Pero la puesta de los soles no es…

—El simple hecho de que los soles estén sobre nosotros ahora mismo no significa que siempre vayan a brillar, —contestó Lhikan.

Nuju y Whenua miraron hacia el cielo para ver cómo los dos soles se acercaban entre sí.

—Por supuesto, —dijo el Toa de la Tierra—. La leyenda de las sombras eternas.

—Cuando se habrá perdido la luz del Gran Espíritu —dijo Nuju.

Nokama lo entendió entonces, y era mucho peor de lo que nunca habría imaginado.

—¡No tenemos mucho tiempo! —gritó, sin darse cuenta de que en realidad el tiempo se había acabado.

Los Matoran esperaban expectantes en sus asientos, enfrascados en nerviosas conversaciones entre ellos. Entonces la enorme pantalla del Coliseo se encendió y apareció la máscara de Turaga Dume que los observaba desde arriba.

—Matoran, regocijaos, ya que hoy pasará a vuestra historia como un momento trascendental —dijo con tono benevolente.

Los Matoran se miraron sorprendidos unos a otros. Su confusión aumentó cuando los transportes Vahki entraron en la arena transportando cápsulas plateadas brillantes.

Matau dirigió el transporte tomando una curva bruscamente y aumentó la velocidad. El Coliseo estaba un poco más adelante; la entrada estaba custodiada por agentes Vahki.

—¡Agarraos fuerte! —gritó el Toa del Aire.

Los Vahki se dieron cuenta demasiado tarde de que el vehículo no iba a detenerse. Pillados por sorpresa, se echaron a un lado cuando el transporte pasó golpeando las puertas del Coliseo. Los pedazos volaron en todas las direcciones. Matau luchó por mantener el vehículo controlado cuando empezó a deslizarse por la arena del Coliseo.

Vamos, se dijo a sí mismo. *¡Eres un héroe Toa! ¡Eres una estrella de Le-Metru! ¡Puedes detener un vehículo Vahki a toda velocidad!*

Manipuló los controles hacia atrás y la parte trasera del vehículo se desplazó hacia la derecha hasta que finalmente se detuvo. Pero si Matau esperaba que la audiencia de Matoran le aplaudiese, estaba tristemente equivocado. No había ningún Matoran en el Coliseo... al menos ninguno que estuviese consciente. Conmocionados, los Toa Metru vieron cómo los Vahki cerraban la última de las cápsulas, que ahora contenían a la población de Metru Nui.

El Toa del Aire negó con la cabeza. Algo no estaba bien. Por allí no había suficientes cápsulas para albergar a todos los Matoran. ¿Dónde estaban los demás?

Desde la pantalla gigante retronó una voz, pero no era la de Turaga Dume. Era un sonido oscuro que dejó helados a los Toa. Era el sonido de las sombras y el temor, de la putrefacción y descomposición, de una destrucción mucho mayor de lo que los Toa pudieran imaginar. Se trataba de los gruñidos nocturnos de los Rahi, los siseos de los Rahkshi enfadados y el trueno que sacude el suelo, todos entrelazados en un horrible ruido.

—Demasiado tarde, Toa —dijo el falso Turaga—. La sombra ha llegado.

Los Toa Metru levantaron la vista hacia la pantalla. «Turaga Dume» se levantó lentamente y se quitó la máscara, dejando al descubierto un par de ojos rojos brillantes y un rostro que los héroes conocían bien. Incluso con la forma de un Turaga, no se podía negar la fuerza natural que irradiaba la figura. En un tiempo había sido un ser respetado en el que todos confiaban, pero ahora… ahora era un extraño de las sombras.

Turaga Lhikan fue el primero que consiguió articular palabra.

—Makuta —dijo asombrado—. ¡Juraste proteger a los Matoran!

—Lo haré —dijo Makuta—. Y cuando despierten, *yo* seré su Gran Espíritu.

Vakama no podía creer lo que estaba escuchando. Sabía que había un complot contra los

Matoran, sabía que «Dume» era un impostor, pero nunca hubiera pensado en algo tan monstruoso. ¿Cómo podía Makuta (cómo podía nadie) ser tan retorcido y malvado hasta el punto de intentar tomar el lugar del Gran Espíritu, Mata Nui?

—La falsedad y el egoísmo nunca serán virtudes propias de los Matoran —afirmó el Toa del Fuego.

Empezó a sonar un ruido sordo, despacio al principio, que luego aumentó, tan alto que ensordecedor. Aún así, la voz de Makuta podía oírse claramente sobre el estruendo, repleta de triunfalismo.

—Eres muy valiente. Ahora abraza la oscuridad. Incluso el Gran Espíritu dormirá muy pronto.

Los Toa y el Turaga levantaron los ojos llenos de temor hacia el cielo. Una oscuridad pasó sobre ellos, ocultando la luz. Las sombras cayeron como una gran mano sobre Metru Nui, envolviendo a la ciudad en una oscuridad completa. El mediodía se había convertido en media noche.

Unos pernos cayeron como cuchillos desde las torres de energía del Coliseo. El suelo tembló violentamente cuando los muros se resquebrajaron como si una telaraña de grietas los cubriese. En el suelo de la arena apareció una gran fisura que se desplazaba en dirección a los héroes.

La leyenda de las sombras eternas se había hecho realidad. El fin de todo estaba cerca.

Sólo los Vahki, máquinas sin corazón como eran, parecían inmutables ante el desastre que se producía a su alrededor. Sus receptores ópticos brillaban en la oscuridad mientras marchaban hacia el vehículo de los Toa. Makuta obviamente pretendía no dejar ningún cabo suelto sin atar.

Pero preocuparse por su propia seguridad era lo último en lo que pensaban los Toa.

—¡Debemos encontrar a los Matoran! —gritó Vakama—. ¡Whenua!

Whenua asintió y se concentró más que nunca. Su Máscara de Poder empezó a brillar tanto como un sol, y su luz horadaba el suelo. De repente pudo ver a través de la materia sólida, llegando con su visión hasta una sala de almacenamiento que había debajo del Coliseo. Los agentes Vahki estaban ocupados apilando los cilindros plateados en grandes perchas de metal que se entendían desde el suelo hasta el techo.

—¡Debajo del Coliseo! —dijo Whenua.

El Toa del Aire manipuló bruscamente los controles y el transporte empezó a moverse a gran velocidad. Los Vahki acudieron volando mientras los Toa se dirigían hacia un túnel de acceso subterráneo. Uno de los Vahki se recuperó a tiempo de dar un salto y clavar sus herramientas en la parte trasera del vehículo, trepando lentamente hacia el lugar donde se encontraba el Toa.

Nokama se volvió y descubrió al invitado no deseado. Con un golpe seco de sus hidro cuchillas, seccionó esa parte del transporte haciendo que el Vahki saliera rodando.

Makuta accionó los controles que hicieron ascender el palco de Dume. Curvaba las torres de energía a voluntad, dirigiendo las cargas de rayos hacia su cuerpo. Absorbía la energía pura hasta que fue demasiada para que el frágil cuerpo de un Turaga pudiera soportarla.

Había llegado el momento que estaba esperando: el momento de la transformación.

El transporte atronaba a través del túnel. Tres Vahki saltaron sobre él al paso, aterrizando sobre el techo del vehículo. Inmediatamente empezaron a golpearlo con sus herramientas para acceder al interior.

En el puesto de mando, Matau manipuló rápidamente un elevador. Las patas del transporte se elevaron, levantando el vehículo. Un segundo después, un «puente bajo» golpeó a los Vahki que había en el techo, que salieron rodando hasta el suelo.

El transporte se deslizó hasta detenerse en medio de la instalación de almacenamiento. Los Toa desembarcaron y se encontraron con una visión espantosa. Por todas partes había esferas plateadas, apiladas en montones tan altos que casi no se veía el final. Cada una contenía un Matoran que hasta hacía muy poco había estado riendo, trabajando y jugando.

Nokama observó el interior de una de las esferas. El Matoran que había dentro estaba dormido de forma no natural, con los ojos oscuros y la luz del corazón latiendo débilmente. Por lo menos, aún estaba vivo, pero sumido en un estado de somnolencia que, por lo que sabían los Toa, era eterno.

—¿Podemos salvarlos a todos? —preguntó.

—Tenemos muy poco tiempo —contestó Vakama—. Pero si salvamos a unos cuantos, salvaremos la esperanza para todos.

Los Toa se apresuraron a cargar seis esferas en el transporte, sin dejar de vigilar por si aparecían los Vahki. No podían saber qué estaba ocurriendo en la superficie, pero sabían con certeza que Makuta no les dejaría escapar sin luchar.

—Llevémosles a un sitio seguro —dijo Vakama.

En el Coliseo, Makuta ahora reinaba de forma absoluta. Su débil figura de Turaga había sido reemplazada por un vórtice giratorio de energía oscura. Las torres de energía seguían descargando rayos de luz sobre su nueva forma, alimentándole con el poder que ansiaba. Los ojos rojos de Makuta brillaban en el centro de la sombra.

Nivawk rodeó el vórtice, cuidándose de no acercarse demasiado. Pero su precaución no sirvió de nada, ya que un tentáculo de energía pura salió del vórtice y le arrastró hacia la masa giratoria de oscuridad.

Oculto entre las sombras, el transporte Vahki aceleró alejándose del Coliseo. Matau se esforzaba por mantener el vehículo sobre el trazado de la carretera mientras los temblores de la tierra sacudían la ciudad. Las torres se desmoronaban y los conductos cedían y caían a su paso mientras avanzaban hacia Ga-Metru.

De repente, Krekka y Nidhiki aparecieron en su modo de vuelo flanqueando el vehículo. Antes de que ninguno de los Toa pudiese reaccionar, se transformaron de nuevo en sus formas normales y saltaron sobre el vehículo. Krekka agarró a Matau, luchando con él por hacerse con el control del vehículo.

—¡Es hora de que conduzca otro! —gritó el Cazador Oscuro.

Nidhiki ignoró a los Toa y se dirigió derecho hacia Lhikan, con los ojos llenos de odio.

—Toa o Turaga, Lhikan, tu destino será el mismo.

Nidhiki lanzó una telaraña de energía contra el Turaga, pero comprobó, atónito, cómo disminuía de velocidad para finalmente detenerse en medio del aire. Cerca, la máscara de Nuju brillaba mientras utilizaba su poder telequinético para detener la telaraña.

Ahora le tocaba a Onewa. Concentró el poder de control de su mente en Krekka, centrándose en el cuerpo del Cazador Oscuro. Bajo la dirección de Onewa, Krekka se retorció y se agarró a Nidhiki.

—¡Apártate! —gritó Nidhiki.

—Justo lo que yo pensaba —murmuró Onewa. Con un empujón mental, Krekka saltó del vehículo en marcha, arrastrando a su compañero con él.

Lhikan sonrió y chocó su puño contra el de Onewa.

Nidhiki y Krekka movieron las cabezas, intentando recuperarse del impacto de estrellarse contra el suelo. Krekka no tenía ni idea de cómo habían llegado hasta allí. Lo último que recordaba era que estaba luchando contra el Toa verde y que él ganaba.

Ninguno de los dos se percató de que el torbellino de energía oscura se aproximaba. Entonces la sombra los envolvió, enviándolos de vuelta al Coliseo hacia un destino incierto.

9

Matau condujo el transporte a través del puente que llevaba hasta Ga-Metru. Se esforzó por mantenerse concentrado en la tarea que tenía entre manos, sin prestarle atención a los daños que estaba sufriendo su querida ciudad.

—Siempre pensé que esto duraría para siempre —dijo Nokama con tristeza.

—A veces no deberíamos mirar atrás —respondió Whenua—. Sólo hacia delante.

—Hacia delante tampoco tiene demasiado buen aspecto —dijo Nuju.

Los Toa miraron hacia delante y vieron cientos de Vahki en medio del puente. Colocados en filas de veinte de lado a lado, bloqueaban el poso completamente.

—¿Hacia dónde vamos ahora? —dijo Matau.

Vakama estaba de nuevo manipulando la Máscara de Poder que estaba fabricando.

—Nuestro futuro está más allá de Metru Nui, —dijo seguro de sí mismo.

Matau asintió con la cabeza. No estaba seguro de lo que eso significaba, pero sabía que sólo había una forma segura de salir de ese puente.

—Espero de corazón que te guíe el Gran Espíritu —dijo—, ¡porque esto es definitivamente una encrucijada!

El Toa del Aire hizo un giro cerrado de noventa grados con el transporte y lo dirigió a toda velocidad contra el borde. Los Toa se aferraron a lo que pudieron, casi incapaces de creer lo que estaba a punto de ocurrir. Con un acelerón final, el transporte se estrelló contra el borde y se precipitó sobre las turbulentas aguas que había bajo él.

Los Vahki se arremolinaron alrededor del agujero recién hecho en el borde y miraron hacia abajo. No había ni rastro de los Toa ni de los restos de su vehículo. Todo lo que podían ver eran las olas batiendo contra los soportes del puente como si quieran hacer que la estructura se viniese abajo.

Entonces unas cuantas burbujas ascendieron hasta la superficie, seguidas por el propio transporte, completamente intacto. Las seis esferas, sujetas al vehículo, lo hicieron flotar hasta la superficie.

—Los salvamos —dijo Nokama, señalando los contenedores que contenían a los Matoran dormidos—. Ahora nos han salvado ellos a nosotros.

Nidhiki y Krekka no tenían ni idea de qué estaba pasando. Habían servido a Turaga Dume fielmente, ¿no era así? Incluso cuando resultó que no se trataba de Dume, habían obedecido sus órdenes sin cuestionar nada. ¿Por qué, entonces, estaban siendo arrastrados ahora hacia el corazón de un vórtice de oscuridad?

—Ha llegado la hora de que cumpláis vuestras promesas, mis capitanes —dijo Makuta mientras los dos desaparecían en la sombra palpitante—. Éste es vuestro deber eterno.

Con las patas como las de un insecto actuando como remos, el transporte Vahki se desplazaba por el mar plateado. Sobre ellos se extendía la Gran Barrera: un acantilado tan alto que se confundía con el cielo y tan ancho que ocupaba todo el horizonte.

Pero Vakama no estaba pendiente de la barrera. Su mente estaba perdida en otra visión…

Una luz brillante. Después la oscuridad, el mismo tipo de oscuridad que ahora se cernía sobre Metru

Nui. Miró a su alrededor, desconcertado, preguntándose cómo podría escapar. Entonces apareció un resquicio de iluminación, como un agujero en la sombra. Le hizo señas para que siguiera adelante, ya que el otro lado era un lugar seguro…

Los ojos de Vakama se abrieron de golpe. No estaba seguro de lo que significaba la visión, pero sabía que era una señal de esperanza. El mismo instinto le indicaba que la Máscara de Poder en la que había estado trabajando jugaría un papel en todo esto, así que la retomó para seguir trabajando con ella.

Matau le miró desaprobadoramente. En medio de esta crisis, ¿Vakama seguía jugando a fabricar máscaras?

—Ya es hora de que te des cuenta de que eres un Toa —dijo.

—¿Hora? ¡Claro! —dijo Vakama—. ¡Más tiempo! ¡Eso es lo que quería el falso Turaga! Entonces se puso a trabajar con más afán todavía en su máscara. Estaba casi terminada, y si estaba en lo cierto sobre lo que podría hacer…

Los pensamientos de Vakama se vieron interrumpidos por otro violenta temblor. Pero éste no estaba producido por un trueno en el suelo.

No, éste provenía del impacto de una figura alada que aterrizó duramente sobre un saliente rocoso de la Gran Barrera.

Los Toa observaron sorprendidos, sobrecogidos, temerosos. De forma inequívoca, se trataba de Makuta, pero no de ninguna forma de Makuta de las que ellos habían conocido. Éste era un coloso oscuro, con una armadura infectada, con las sumamente poderosas alas de Nivawk, y que irradiaba el poder de las sombras. Además, los Toa Metru descubrieron que las herramientas de Nidhiki y Krekka también eran parte de su nueva forma.

No me extraña que dejaran de perseguirnos, pensó Nuju.

Makuta bajó la vista hacia los Toa. Por encima del batir de las olas y del fuerte viento, gruñó: —Vuestro viaje debe llegar a su fin.

—¡Por deseo del Gran Espíritu, acaba de empezar! —gritó Vakama.

¡Entonces conquistad el auténtico mar de protodermis! —dijo Makuta.

Con un movimiento del brazo, levantó en el mar grandes pilares de protodermis cristalina, que formaron una peligrosa pista de obstáculos. Matau luchó con los controles para dirigir la nave esquivándolos, pero el transporte Vahki no estaba diseñado para realizar maniobras complicadas en el mar.

Vakama señaló hacia delante. Había una estrecha abertura en la Gran Barrera a través de la que pasaba la luz, exactamente igual que la imagen que había visto en su visión.

—Dirígete a la luz, Matau. El futuro está en tus manos —ordenó. Después se volvió hacia el Toa del Hielo y dijo—: Acércame a él todo lo que puedas.

El Toa del Hielo asintió y su máscara empezó a brillar. Con su poder telequinético, levantó a Vakama por los aires y lo lanzó hacia donde estaba Makuta.

Bajo él los Toa seguían luchando. Onewa saltó de la embarcación para reducir un pilar a fragmentos con sus proto clavijas. Pero justo delante se levantaron otros dos, tan cerca entre sí que sus herramientas chocaron la una con la otra. El curso del transporte lo llevaba derecho contra ellos.

—¡Tenemos que girar rápidamente! —dijo Matau.

Nokama lanzó su hidro cuchilla y la clavó en el lateral del pilar. Después se colgó con todas sus fuerzas mientras Matau hizo un giro cerrado, esquivando a duras penas la barrera que había delante del transporte. Pero con esto no habían alcanzado la victoria: otro pilar se izó bruscamente, golpeando el transporte y enviando las esferas plateadas al mar.

Nokama observó cómo flotaban hacia una destrucción segura.

—¡Los Matoran!

Nuju también las vio y esto le distrajo de su concentración de tal forma que Vakama cayó al agua como una piedra. Pero el Toa del Fuego no estaba dispuesto a rendirse. Consiguió salir del agua y escaló por el acantilado para enfrentarse a Makuta.

Los dos giraron frente a frente con cautela. Vakama buscó en su mochila y sacó la Máscara de Poder terminada que había fabricado a partir de los Grandes Discos Kanoka.

—La Máscara del Tiempo —susurró Makuta. Entonces el amo de las sombras sonrió.

—Eres un gran fabricante de máscaras, Vakama. Podrías tener muchos destinos.

Vakama dudó. Makuta, percatándose de su falta de decisión, se acercó un poco más.

—El fuego y las sombras son una combinación muy poderosa. Únete a mí y a mis hermanos, Vakama.

El Toa del Fuego sonrió.

—No deseo sino un único y noble destino —dijo mientras se colocaba la Máscara del Tiempo sobre su propia máscara Kanohi—. Más que ningún poder que puedas ofrecerme.

—Entonces acepta tu derrota —afirmó Makuta. Reunió todas sus energías y de su pecho salió un rayo de energía oscura que se dirigió como una serpiente directo hacia Vakama.

La Máscara del Tiempo empezó a brillar. De ella salió una onda de fuerza temporal que golpeó a Makuta. Los movimientos del amo de las sombras se ralentizaron, al igual que su rayo de energía, que ahora parecía colgado en el aire prácticamente inmóvil.

Liberado del control de Makuta, el mar se calmó. Los cinco Toa que quedaban abajo se pusieron rápidamente manos a la obra para recuperar las esferas Matoran. Ninguno se dio cuenta de que faltaba Turaga Lhikan.

Aunque llevaba la Máscara del Tiempo puesta, Vakama no la controlaba de forma perfecta. No era capaz de evitar que la misma onda temporal que había ralentizado a Makuta le ralentizara a él también. Podía sentir cómo su cuerpo y su mente disminuían de velocidad, y no tenía forma de esquivar el tentáculo de energía oscura que se dirigía hacia él.

Entonces se produjo un movimiento. Turaga Lhikan se dirigía corriendo hacia Makuta y Vakama, metiéndose de lleno en la onda temporal justo enfrente del rayo de energía oscura de Makuta. El rayo de energía golpeó a Lhikan de lleno, haciendo pedazos el escudo creado por su propia máscara. Lhikan se vio privado de todo color a medida que la oscuridad se apoderó de él. La interrupción de la onda rompió su poder, y envió la Máscara del Tiempo de Vakama volando por los aires al mar.

Vakama se arrodilló junto al Turaga agonizante y dijo:

—Eso iba destinado a mí.

—No —respondió débilmente Lhikan. Señaló la Gran Barrera—. Éste es el viaje de mi vida. El tuyo está más allá.

Vakama luchaba contra el sentimiento de desconsuelo que amenazaba con doblegarle. Se inclinó más sobre Turaga Lhikan para poder escuchar las palabras que susurraba.

—Confía en tus visiones —dijo el Turaga—. Estoy orgulloso de… haberte llamado hermano… Toa Vakama.

Después, los ojos de Lhikan se oscurecieron y la luz de su corazón se apagó. Con el corazón destrozado, Vakama le quitó la máscara al Turaga, a pesar de que la sombra de Makuta caía de nuevo sobre él.

—¡Loco! —increpó Makuta—. Sin la Máscara del Tiempo, será necesaria toda una vida para conseguir lo que exige el destino. Pero tu vida será breve.

Makuta lanzó otro tentáculo de energía oscura contra Vakama, obligando al Toa a retorcerse para esquivarlo. Entonces la máscara de Vakama de repente se puso a brillar y su cuerpo desapareció de la vista. ¡Se había vuelto invisible!

Makuta lanzó más rayos de forma descontrolada, pero falló y no alcanzó al Toa por un amplio margen. Vakama lanzó una piedra, y Makuta lanzó otro rayo al lugar donde ésta había caído. Después el amo de las sombras apuntó hacia el lugar desde donde provenía la piedra; la energía oscura obligó a Vakama a meterse en una cavidad del acantilado.

El Toa del Fuego asió su lanzador de discos y lo ancló fuertemente en una hendidura de la cara del acantilado. En cuanto se separó de él, el lanzador se hizo visible. Makuta sonrió y lanzó un tentáculo de energía oscura para asirlo.

—¡No puedes esconderte de mí, Toa! —dijo Makuta.

—Ya no tengo que hacerlo más —contestó Vakama.

La sombra envolvió el lanzador e intentó llevarlo hacia ella, pero Vakama lo había sujetado muy bien. Makuta se encontró luchando contra la fuerza de la propia Gran Barrera. En lugar de ser el lanzador el que se acercaba a él, era él el que era arrastrado contra la Barrera.

Vakama se hizo visible de nuevo mientras Makuta se estrellaba contra el acantilado. Desconcertado, aunque todavía desafiante, el ser oscuro gritó: —Si Toa Lhikan no ha podido derrotarme él solo, ¿cómo puedes tú?

—¡Porque él no está solo! Era la voz de Nokama. Los seis Toa estaban juntos de nuevo.

Los Toa alzaron sus herramientas, mientras Vakama sustituía sus herramientas de fuego por su lanzador de discos. Los seis elementos se unieron para formar un rayo de energía blanca pura, que dirigieron hacia Makuta, alejando su poder oscuro de él. Alrededor del amo de las sombras se formó un escudo de protodermis, dejándolo sellado. Con una emisión final de energía, el rayo marcó la prisión con el signo de los Toa.

Los Toa rompieron la formación y el rato de energía cesó. Vakama miró la máscara de Lhikan y vio en ella el reflejo de una estrella.

—¡Mirad el cielo! —dijo.

Los Toa levantaron la vista hacia los cielos. La estrella del espíritu de Lhikan cruzaba el oscuro cielo. Mientras la observaban, explotó en seis nuevas estrellas.

—Seis estrellas espíritu… —dijo Vakama.

—¡El Gran Espíritu lo anuncia! —dijo Nuju—. ¡Somos Toa!

Los seis héroes levantaron sus puños en el aire y los chocaron. Las pruebas que debían pasar estaban lejos de acabarse, lo sabían, pero las afrontarían como héroes de Metru Nui.

Vakama miró hacia abajo desde la cima del acantilado y comprobó que las seis esferas habían sido recuperadas y descansaban sobre el transporte de nuevo.

—Pronto volveremos a buscar al resto de los Matoran —dijo—. Pero primero debemos afianzar la seguridad de los que tenemos con nosotros ahora.

Debió pasar mucho tiempo antes de que los Toa Metru pisaran por primera vez la isla que se encontraba más allá de la Gran Barrera. Y mucho más tiempo pasó antes de que volvieran con todos los Matoran que pudieron rescatar de Metru Nui. Durante ese tiempo, los Toa hubieron de luchar en muchas batallas, hacer nuevos aliados y enfrentarse a poderosos enemigos. Aprendieron lecciones sobre heroísmo y sacrificio que nunca olvidarían.

Ahora, después de tanto tiempo, finalmente estaban en la playa. Cientos de esferas plateadas cubrían la arena. Los Matoran que había en su interior todavía dormían.

—Toa Lhikan sacrificó su poder por nosotros, —dijo Vakama—. Ahora nosotros haremos lo mismo por ellos.

Vakama colocó las manos sobre una de las cápsulas. Su máscara empezó a brillar con fuerza.

—Que el corazón de Metru Nui viva para siempre —dijo solemnemente.

La energía brotó de él y de los otros Toa, extendiéndose como una manta de pura energía sobre las cápsulas. Uno tras otro, los Matoran abrieron los ojos y las luces de sus corazones empezaron a brillar a medida que se iban despertando. Gracias al sacrificio de los Toa, habían vuelto al mundo de los vivos.

Los héroes se miraron unos a otros. Ya no eran Toa... al ceder su poder para salvar a otros, se habían convertido en seis Turaga. Observaron con alegría y orgullo cómo se abrían las esferas y salían los Matoran.

—Ésta es la isla de Mata Nui, llamada así en honor del Gran Espíritu —afirmó Vakama.

Los Matoran miraron a su alrededor y vieron la playa, el océano, los árboles... todo era completamente nuevo para ellos. Uno de los Matoran, Takua, se acercó a Vakama y llamó su atención hacia otro. Se trataba de un Ta-Matoran llamado Jaller cuya máscara se había dañado durante el transporte.

Vakama miró la máscara de Turaga Lhikan. Después, sonriendo, le quitó a Jaller la máscara Kanohi dañada y la reemplazó por la de Lhikan. Rejuvenecido, Jaller se levantó para unirse a sus amigos. Un Ga-Matoran llamado Hahli se apresuró a abrazarle y a darle la bienvenida al nuevo hogar de los Matoran: la isla de Mata Nui.

EPÍLOGO

—Y así fue como ocurrió —dijo Turaga Vakama.

Los Turaga, los Matoran y los Toa Nuva reunidos observaron cómo colocaba de nuevo la piedra que representaba el Gran Espíritu en el centro del círculo de arena.

—Matoran en Toa, Toa en Turaga, Turaga en leyenda. Recordando acciones pasadas y trayendo esperanza en el futuro. Unidos en el deber. Atados por nuestro destino. ¡Éste es el camino de los Bionicle!

Y así era, y así será para siempre.